Elke Vesper

Beinah Liebe

Erzählung

CIP-Kurztitelaufnahme der Deutschen Bibliothek

Vesper, Elke:
Beinah Liebe: Erzählung / Elke Vesper. –
Dortmund: Weltkreis-Verlag, 1986.
ISBN 3-88142-358-3

© 1986 Weltkreis-Verlags-GmbH
Postfach 789
D-4600 Dortmund 1
Alle Rechte vorbehalten
Umschlaggestaltung: Barbara Hömberg, Hamburg
Lektorat: Wolfgang Elsner
Herstellung: Plambeck & Co Druck und Verlag GmbH, D-4040 Neuss
Auflage: 5.4.3.2.1.
ISBN 3-88142-358-3

Elke Vesper

Beinah Liebe

Erzählung

Weltkreis

Die Autorin:

Elke Vesper wurde 1946 in Hamburg geboren. Sie verließ nach der 10. Klasse das Gymnasium, ging zur Fremdsprachenschule und schloß nach zwei Jahren als Fremdsprachenkorrespondentin in Englisch, Französisch und Spanisch ab. Anschließend arbeitete sie in Frankreich, bevor sie nach Hamburg zurückkehrte. 1970 begann sie ein Germanistik-, Romanistik- und Philosophiestudium in Köln und bekam 1974 ihre erste, 1979 die zweite Tochter. 1984 promovierte sie über „Existentialismus und sozialistischer Realismus in der modernen französischen Autobiographie". Sie lebt heute als freiberufliche Schriftstellerin in Köln.
Im Weltkreis-Verlag veröffentlichte Elke Vesper 1983 ihren ersten Roman „Freier Fall". Neben Arbeiten für den Funk folgte 1984 „Fremde Schwestern. Meine Reise zu den Frauen in der Sowjetunion".

Sabine Schoade
13.03.1986

Du bist mir sofort aufgefallen.

Sicher glaubst du es nicht.

Als dir der junge dunkelhaarige Mann sagte, du seist so schön ... weißt du noch, wir saßen auf den Stufen vor dem Hotel der Kubaner und schwatzten, da kam er plötzlich mit einem Gesicht – begeistert, verzückt geradezu, beugte sich herab, um dich genau anzusehen, und ich mußte dolmetschen, du seist wunderschön, da glaubtest du es auch nicht. Du reagiertest ein wenig, als hättest du einen Geisteskranken vor dir ... und als er zurückkam und dir diese gelbe Blume überreichte, darbot, kredenzte wäre wohl richtiger, denn er legte so etwas Feierliches in den Akt der Übergabe, nahmst du sie zwar an, aber deine herabgezogenen Mundwinkel signalisierten, daß diese Art Theatralik nicht deine Sache ist und du dich nicht einordnest in die Reihe der Frauengestalten von Schneewittchen über Julia oder Desdemona oder oder oder. Auch als Judith siehst du dich nicht. Deine politische Arbeit läuft nicht über die Betörung des Feindes. Aber glaub' mir, Susanne, du bist mir sofort aufgefallen.

Es war nach dem Galaabend der Westdeutschen ... hast du eigentlich begriffen, warum dieser Abend Galaabend genannt wurde, dein Wort zumindest ist es nicht, da bin ich gewiß, ich sollte dich fragen, wie du so eine Präsentation verschiedener Menschen mit verschieden entwickelten Ausdrucksformen auf der Bühne nennen würdest. Galaabend bestimmt nicht. Ich denke bei Gala an meinen Großvater, der, wenn er ins Theater ging, – er gehörte zu den gebildeten Arbeitern der zwanziger Jahre, weißt du – dann zog er sich eine Stunde vor der Abfahrt zurück, „hüt obend mot ick mi allwedder in Gala smieten". Woran denkst du bei dem

Wort Gala? Doch sicher nicht an Udo Lindenberg und Einhart Klucke? Oder an Fredrick Vahle mit dem Friedensmaler oder an das Blasorchester „Dicke Luft" oder die andern, die an diesem Abend die Kultur der BRD auf den Weltfestspielen vertraten. Ist auch egal, mir fällt erst jetzt beim Schreiben auf, daß ich ganz selbstverständlich von Galaabend geredet habe, ohne darüber nachzudenken, was ich eigentlich sage. Es ging mir übrigens nicht nur mit diesem Wort so.

Ich hatte meine Leute verloren, war zu irgendeinem der vielen Busse gegangen, wo hinter die Frontscheibe das Schild „Ismailowo" geklemmt war, die also zu unserem Hotel fuhren, rauchte noch eine Zigarette, da kamst du auf mich zu, auch allein, und fragtest, ob dies der richtige Bus sei. Du bliebst einfach bei mir stehen, stiegst genauso selbstverständlich mit mir ein, als meine Zigarette aufgeraucht war und setztest dich neben mich.

Du stelltest dich vor, sachlich, als wären wir im Büro und nicht auf einem Fest: Mitglied der Sozialistischen Deutschen Arbeiterjugend, aus dem südlichen Teil der BRD, Arbeit als Springerin im Büro eines Großbetriebs, auf einen Nachrückplatz in den Betriebsrat gewählt. Du sprachst von deiner Angst, auf Betriebsversammlungen aufzutreten, und ich sah deine Wahnsinnsaugen. Ganz große, braune, ernsthafte und ein bißchen traurige. Auf dem Festival in deiner Arbeitsgruppe vor ein paar hundert Menschen aufzutreten, beunruhigt dich nicht, aber zu Hause, also zu Hause in der BRD, da hast du Angst, weil du nicht weißt, ob du standhältst. Ich bin eine schlechte Zuhörerin bei politischen Themen, bilde mir immer das Gegenteil ein, aber die Erfahrung beweist: ich bin eine schlechte Zuhörerin, wenn's um Politik geht, denn wenn ich mich anschließend erinner', bring ich immer alles durcheinander. In Sachen Ängste allerdings bin ich Profi, da kann ich mitreden, da hör' ich gut hin, da seh' ich mehr, als ich hör'. Ich seh' dich auf der Betriebsversammlung, du weißt, daß euch Arbeitsplatzabbau droht, gerade den Frauen in den Büros, es hat schon begonnen, wird noch Ausgliederung genannt, den Angestellten wird empfohlen, in Zweigbetriebe überzuwechseln. Noch gibt es keine Entlassungen. Aber du kennst dich aus, du weißt, jetzt müssen die Arbeiter und Angestellten schon aufgeweckt werden, weil du weißt, wie es in anderen Betrieben abgelaufen ist, wo der Betriebsrat erst mobilisierte, als es zu spät war. Du bist gut informiert, liest Zeitung, redest mit den Kollegen, du könntest auftreten, du weißt, du müßtest auftreten, den Vorstand in die Enge treiben, Fakten fordern, die Beruhigungspillen zurückweisen. Doch wie uns Märchenbilder oft unbewußt leiten, verdichten sich die Geschichten der älteren Genossen in deinem Kopf zu einem Bild und verstärken die Angst.

Du siehst den Stacheldraht, den sie nach dem Mauerbau um ihre Maschinen gewickelt vorfanden. Du läßt mich mitsehen, und mich fröstelt.

Du sagst, die, die bekannt sind, müssen zu jedem politischen Ereignis Stellung beziehen. Und ich begreife deine Angst, ob du auch standhalten wirst.

Es war Nacht, als wir am Hotel eintrafen. Wir waren müde. Trotzdem gingen wir vor das Hotel der Kubaner. Ein weiter Platz, Gewimmel, lateinamerikanische Rhythmen, fremde Laute um uns herum, fremdartige Gesichter und der Rhythmus, der einen nicht ruhig bleiben läßt. Unser Erlebnishunger war nicht gestillt, dieser Hunger, der immer weitertreibt, auch wenn der Tag übervoll ist und die Nacht fortgeschritten und der Wecker auf halb sieben gestellt. Dieser Hunger stand dir in den Augen, die schmale rote Strähne, die dir aus den Stoppelhaaren in die Stirn fällt, wippte im Takt, und genauso selbstverständlich, wie du dich mir angeschlossen hattest, tanztest du nun mit Luiz.

Du hattest zu Hause einen Freund, einen Mann, mit dem du zusammenlebtest, zu dem du zurückkehren wolltest. Du warst nicht auf Abenteuer aus. Trotzdem gabst du Luiz deine Telefonnummer. Trotzdem tanztest du nur mit ihm, auch wenn er dir sehr nahe kam und dich wie beiläufig hier und da berührte, trotzdem ließest du dich von ihm zum Hotel begleiten, warfst ihm über die Schulter einen Blick zurück. Da waren deine Augen wieder sehr ernst und ein wenig traurig. Und die Sehnsucht nach einem anderen saß schon in dir, lauerte nur darauf, sich auszubreiten und von dir Besitz zu ergreifen.
Davon wußte ich allerdings noch nichts.

Wie hast du es eigentlich ausgehalten, die ganze Zeit so allein? Aus deiner Stadt war da sonst niemand, sagtest du, erst am Schluß einen entdeckt von der Evangelischen Jugend, mit dem wolltest du, zurückgekehrt, alles auswerten. Aus meiner Stadt waren viele dort, und trotzdem fühlte ich mich oft fremd, ausgeschlossen aus der allgemeinen Begeisterung, nachdenklich, sauer. Erster Abend für mich: in der kleinen Hotelbar zu andren gesetzt, bei Mineralwasser und Fanta und Cola nach einer Ankunft am Flughafen ohne Festivalatmosphäre, ohne Brot und Salz, ohne Transparente und Lieder, nüchterner Abfertigungsempfang und die Information, die kommenden zehn Tage würden alkoholfrei verlaufen. Meine Antwort war Zorn, Kinderzorn gegen väterlich autoritäre Verbote. Ich bin aber kein Kind, wer nimmt sich das Recht, in mein Leben einzugreifen und mich zwangsweise trockenzulegen. In der Bar suchte ich das Gespräch darüber. Worte hängen mir noch im Ohr: Ich finde das mutig! Daß die sich hier trauen, die Weltjugend nüchtern übers Festival zu lassen, keine Möglichkeit der Betäubung... Gorbi... immer wieder Gorbi... der hat eine echt irre Rhetorik... hab' ich jetzt eine Rede von dem gelesen, hat er gesagt, Genossen, hat er gesagt, es gibt Minister, die scheuen keine Anstrengung... Lachen... so hat er das gesagt... die scheuen überhaupt keine Anstrengung, den Plan so niedrig wie möglich zu erfüllen, Genossen, ich meine, von solchen Ministern sollten wir uns trennen... ich finde das echt stark, wie der frei redet, der Gorbi ist schon in Ordnung... und das Alkoholverbot gilt nur für die Jugendfestspiele mit der Begründung: hier kommt die Jugend zusammen, da braucht's keinen Alkohol... irre mutig von den Sowjets, die hätten sich den Festivaltaumel doch leicht besorgen können...

Was hast du am ersten Abend gemacht? Ich hab' dich nicht gesehen. Hast du einen Brief an deinen Freund geschrieben? Wie hast du dich gefühlt, als im Bus die Aufforderung erging, sich in die Namensliste gleich paarweise einzutragen, damit die Zimmerverteilung problemlos erfolgen könne. Du bekamst ein Einzelzimmer zugeteilt, ein Privileg, keine Diskussionen darüber, ob das Fenster des Nachts geschlossen bleiben oder die Luft im Zimmer zu stickig würde, keine Diskussionen, die dich über das Maß anstrengten, keine Wärme, schnell entwickelt, mit der Perspektive auf den Verlust hinterher. Die Einsamkeit war immer bei dir, deine Zimmergenossin, mit ihr redetest du, sie teilte deine Nächte.

Als du Luiz wiedersahst, er rief mehrmals täglich bei dir an, deine Zeit war begrenzt, schließlich hattest du zu arbeiten, das Zentrum soundso, wie soll ich mich an die Zahlen erinnern, Zentrum eins, zwei und so weiter, bis zu welcher Zahl reichte es eigentlich, also das Zentrum, wo über die Rechte der arbeitenden Jugend der Welt diskutiert werden sollte, war dein Aufgabenbereich, und schon vom ersten Tag an versorgtest du es mit Aufmerksamkeit. – Die SDAJ hatte eine Ausstellung vorbereitet, Fotos aus den zwanziger Jahren, auch damals Arbeitslosigkeit. Vielleicht erinnern wir uns so bereitwillig daran, weil damals die Bewegung groß war und die Fotos voll demonstrierender Menschen sind. Ihr hattet kein Transparent vorbereitet, aus welchem Land ihr eigentlich wart. Dort setztet ihr euch in irgendeine Ecke, um ein Schild zu pinseln, wurdet belächelt, zu den Profis in den Keller verwiesen, die freundlich und geschickt BRD auf russisch malten, und ihr hattet eure Überschrift.

Du bist warm und genau, sicherlich hätte dich manch einer gern an seine Seite gebannt für die nächsten zehn Tage. Als du Luiz wiedersahst, er lud dich in den Club Uruguays ein, welche Zahl trug denn gleich dieses Zentrum, begegnetet ihr unterwegs einer Frau mit langen blonden Haaren. Es ist erst ein paar Wochen her, daß du ebensolche Haare trugst und dir nicht diese rötlichen Stacheln vom Kopf abstanden. Luiz bedauerte deinen Gesinnungswandel. Dein Freund hatte einen Wutausbruch bekommen, als du plötzlich so verändert nach Hause kamst. Du konntest ihn nicht verstehn. Er erklärte dir, Haare trügen Symbolwert. Dir gefallen einfach kurze Haare, sie sind pflegeleicht. Ich stimme deinem Freund zu, wundere mich, wieso eine Frau diese Igelhaartracht mit einer langen Strähne hinten und einer vorn trägt, ohne sich der Aussage ihres Kopfes bewußt zu sein. Dir gefallen die kurzen Haare eben, nichts mehr.

Aber ich greife vorweg, bin zu schnell, denn als du Luiz wiedersahst, war schon die Mitte des Festivals erreicht und du von jener Sehnsucht belagert, die dir zwar die wenigen Stunden Schlaf nicht nahm und auch deine Pflicht nicht berührte, dich nicht einmal so sehr beschäftigte, wenn du deiner Wege gingst – und du gingst deiner Wege eher von ihm weg –, aber wenn er neben dir war, vor dir oder auch nur sichtbar, füllte die Sehnsucht dich aus.

Bevor du ihn trafst, verging noch ein Tag. Im deutschen Club ist eine Informationsveranstaltung, der Arbeitskreis Festival gibt bekannt. Du hörst zu, schaust dich um. Du bist zum ersten Mal in Moskau, entfernst dich, suchst den Roten Platz. An der Moskwa entlang, ein übers Wasser schießender weißer Dampfer wie auf Skiern, überall Türme, als zeigten sie Besonderes an, aber so viel Besonderes kann doch in einer einzigen Stadt nicht versammelt sein, ein Park, ein Eis, fremde Laute und der Wunsch, der, mit dem du zusammenlebst, möge bei dir sein oder eine Freundin oder irgend jemand Vertrautes aus deiner Stadt. Der Rote Platz ist groß, noch größer als erwartet, das weiße Dach auf dem roten Gebäude ganz vorn trifft dich wie frischer Schnee, die Schlange vorm Lenin-Mausoleum gibt es wirklich, und das, seit es das Mausoleum gibt, die

Hochzeitspaare auch, die hierher wallfahren, um den Start durch Väterchen Lenin segnen zu lassen. Alles ist, als wäre das, wovon du gelesen, was du in Gedichten, Geschichten, Berichten und in Liedern gehört und auf Bildern gesehen und immer mit einer gewissen Rührung geglaubt hattest, plötzlich wahr geworden, aber so vergrößert, daß die Rührung wegfällt und die Erkenntnis sich aufdrängt: Du hattest die Wirklichkeit nur für eine Postkarte gehalten.

Du zwangst dich, den Roten Platz zu überqueren, beobachtetest einen jungen Mann in Jeans und langen Haaren, der im Zickzack über die Straße lief, obwohl der Polizist wie verrückt pfiff, in dir zog sich Spannung zusammen, der junge Mann lachte, der Polizist zuckte mit den Schultern, widmete sich wieder dem Verkehr. Du wolltest zurück ins Hotel, das du in einigen Tagen „Zuhause" nennen wirst. Du gingst vorbei an den Schaufenstern des Kaufhauses Gum, nicht ein einziges Mal bist du dort hineingegangen, obwohl du es dir fest vorgenommen hattest. Du suchtest die Metrostation. Auf einer Mauer hinter dem Kaufhaus saßen zwei junge Frauen, einen Stadtplan vor sich. Du stelltest dich neben sie, breitetest deinen Stadtplan aus, sie sprachen deutsch, eine suchte die Metro, du schlossest dich ihr an. Du fragtest sie unterwegs, was sie arbeite, woher sie komme, du suchtest Kontakt. Ich lass' es, ist wohl besser so, hier aufzuschreiben, was sie von sich gab, wir wollen sie beide nicht kränken, es soll sie nicht unbedingt einer wiederentdecken. Tatsache ist, daß sie dich kränkte, einsilbig antwortete, sich nicht mal entblödete, auf dem Weg von der Metro zum Hotel einen Abstand von fünf Metern zwischen euch zu legen. Mir wird heiß, wenn ich daran denke, und ich möchte die dumme Pute ohrfeigen. Ich hab' sie ja gesehen, du hast sie mir gezeigt, andre sagten, die ist immer so. Sie ist nichtssagend und hat ein pausbäckiges Gesicht, in dem heute schon das Muttchen von morgen geschrieben steht. Auch wenn das frauenfeindliche Äußerungen sind: Bei solchem Verhalten kocht mir die Galle über. Ich vermute, sie hat sich durch deine warme und freundliche Art abgestoßen gefühlt, weil sie die dicke Schicht von Gleichgültigkeit, die sie, aus welchem Grund auch immer – und der ist mir jetzt ganz egal –, in ihre Außenhülle gepackt hat, nicht berühren lassen wollte. Ja, auch solche Leute gab es auf dem Festival. Schade, daß du ausgerechnet einem solchen neudeutschen Frauenexemplar in dieser Situation begegnetest.

Die Frauenbewegung ist dir fremd. In deiner Betriebsgruppe sind nur Männer. Mit Männern kommst du besser zurecht, sagst du. Männer sind ehrlicher, direkter, Frauen sind oft hintenrum. Das kannst du nicht leiden. Wenn wir miteinander sprachen, faßtest du mich immer wieder an. Du suchtest das Gespräch mir mir und wußtest ja auch, wer ich bin. Schon am Abend im Bus teiltest du mir mit: Von der Frauenbewegung habe ich keine Ahnung. Trotzdem solltest du im Frauenzentrum in Moskau einen Vortrag über Frauen in der Friedensbewegung halten. Ich interessierte mich, ließ mir erzählen, was du zu sagen beabsichtigtest. Du hast wirklich kaum Ahnung von der Frauenbewegung. Du verzichtetest dann auch auf deinen Vortrag, eine andere hatte schon ähnliches gesagt, warum solltest du alles wiederholen. Mit Männern kommst du also besser zurecht. Auch die Tage in Moskau verbrachtest du vor allem an der Seite von Männern, in dir allerdings trugst du nur Gedanken an den einen. Und das war nicht der, der zu Hause auf dich wartete.

Am Samstag fand die feierliche Eröffnung des Festivals im Lenin-Stadion statt. Dir war im Bus nicht feierlich zumute. Du warst bei der Evangelischen Jugend gelandet. Irgendwie, dachtest du, bring' ich es immer fertig, weit entfernt vom Herd zu stehn, wenn mich friert. Es hatte aber außer deiner Ungeschicklichkeit, ein warmes Nest zu finden, einen Grund gegeben, in diesen Bus zu steigen.

Er war dir vorher schon aufgefallen. Nicht weil er dein Typ ist, eigentlich gar nicht, er ist dir auch eher zu alt, aber wegen seiner Augen. Die erreichten dich auch über Entfernungen hinweg. Und er sah dich an. Beim Warten auf die Busse kamt ihr ins Gespräch. Über Nebensächliches, wo im Hotel überall Bars sind und daß es nirgends Alkohol gibt, daß du sowieso kaum Alkohol trinkst und er auch nicht, daß er aber jetzt, wo es verboten ist, ausgerechnet und auch deshalb auf ein Glas Wein am Abend „Bock" verspüre.

Also folgtest du ihm in den Bus. Ich sehe dich: So selbstverständlich, wie du auch mit mir gingst, setztest du dich neben ihn und knüpftest den zarten Gesprächsfaden zwischen euch fester.

Er stellte sich vor, ebenso sachlich, wie du es bei mir getan hattest: aus München, im katholischen Bayern fast ein Revolutionär, ausgetreten aus der Kirche seiner Eltern, bewußt und mit Gründen wie die Zehn Gebote. Er ist Referendar, will Lehrer werden für Deutsch und Religion, erwartet, kalt, wie dir schien, sichere Arbeitslosigkeit. Auf dem Festival hatte er keine Aufgabe, war eher zufällig, als Ersatz für einen andern mitgekommen, würde sich nicht einbinden lassen in Fraktionszwänge, wollte einmal hier reingucken, einmal dort, die

Bevölkerung erleben, war noch nie in Moskau – wie du
–, hatte noch keinen Eindruck, alles sehr groß und unüberschaubar. Du verlorst dich in seinen Augen.

Er war es, der dich aufmerksam machte auf die winkenden Leute am Straßenrand, du hattest nur in den Bus hineingesehen, denn dort saß er, nun winktest du zurück. Er hob von Zeit zu Zeit die Hand. Du lächeltest über das Gefühl von Peinlichkeit, das sein majestätisches Winken verriet. Unauffällig mustertest du seine Hände, dir wurde eigenartig zumute, als du seine festen Arme sahst und die Hände, die auch einem gehören konnten, der schwer mit ihnen arbeitet, wenn da nicht die gepflegten Nägel an den schmalen Fingern gewesen wären. Die dichten Haare wucherten aus dem hochgekrempelten Hemd hervor. Sie waren ausgebleicht, und du erkundigtest dich nach seinem Urlaub.

Während des Demonstrationszugs zum Stadion bliebst du mehr zwangsläufig neben ihm, denn die Dolmetscher forderten euch auf, die Busgemeinschaften beizubehalten, um die Ordnung zu gewährleisten. Die Aufstellung dauerte eine Weile. Du entferntest dich von ihm, wolltest nicht aufdringlich erscheinen, schlendertest am Zug entlang. Rhythmen und Fröhlichkeit der Afrikaner steckten dich an. An einer der vielen Buden, wo Brote verkauft wurden und Kekse und Getränke – nichtalkoholische, versteht sich –, kamst du ins Gespräch mit Männern von der Schrebergartenjugend. Jugend, du lächeltest, als du mir davon erzähltest, na ja, eine Delegation von zwei ausgewachsenen Männern. Du bliebst bei ihnen, sie wollten mit dir lachen, und du ließest dich gern darauf ein. Da kam er, als suchte er dich. Irgendwo in dir tat es weh, aber du verhieltest dich, als hättest du ihn nicht bemerkt, nur dein Lachen wurde etwas schrill.

Er hatte eine Art, sich neben dich zu stellen, als gehörtet ihr zusammen. Sie fiel dir nun zum ersten Mal auf. Er behielt sie bei. Gemeinsam eiltet ihr zu eurem Platz zurück, als der Zug sich in Bewegung setzte. Und nun ging es vorbei an winkenden Menschen am Straßenrand, die immer wieder „Mir, Drushba, Festival" riefen, die Fähnchen schwenkten und lachten, die dir aber vor allem grad in die Augen sahn und auf jedes Wort, jede Geste von dir zu antworten schienen. Er taute auf. Sein Schritt wurde beschwingter, sein Winken hatte das Angestrengte verloren, er lief vorweg, die am Straßenrand tanzenden Folkloregruppen zu fotografieren, er bewegte sich an den äußeren Rand, wie um den Menschen ganz nahe zu sein. Irgendwie kam er immer wieder zu dir zurück.

Ich hatte mir eine Cola gekauft, und als es losging, fühlte ich mich recht blöd, mit der Cola in der Hand zu winken, um die Freundschaftsrufe der Moskauer zu erwidern. Irgendwann reichte es mir, und ich ging auf die Menschen am Straßenrand zu. Sie lachten mich an, verstanden sofort, nahmen mir die dumme Flasche ab, reichten sie nach hinten weiter, und weg war sie.

Eine ganz alte Frau sah ich, die, an beiden Seiten gestützt, eine rote Nelke im Takt von Frieden, Freundschaft, Festival schwenkte. Ich blieb stehen, hielt den Zug auf, konnte mich von ihrem freudig-ernsten Gesicht nicht losreißen.

Da waren zwei Frauen am Straßenrand, ältere, ihre Gesichter gezeichnet von Vergangenheit, die bis in den Krieg hineinreicht. Beide sahen mir in die Augen und sagten „Mir", einfach nur „Mir"! Es klang wie eine Bitte und wie eine Aufforderung. Ellen ging neben mir und fragte den Dolmetscher, was „Frauen gemeinsam sind stark" auf russisch heiße. Er übersetzte, es war zu kompliziert für die Verschwesterung auf die Schnelle, er schlug die Variation vor: Frauen sind solidarisch. Ellen griff seinen Vorschlag auf, lief zu den Frauen, ging ganz nah an sie ran und radebrechte ihre Losung. Es klang wie „Frauen – solidarnocs", und wir mußten lachen.

Mich überlief Gänsehaut, immer wieder Gänsehaut.

Du sahst sie dir genau an, die Leute am Straßenrand. So also sahen die Menschen aus, die im Sozialismus leben. Nicht viel anders als wir. Sehr unterschiedliche Gesichtsschnitte, offenbar Menschen verschiedener Nationalitäten, einfacher gekleidet als wir, nein, nicht unbedingt einfacher, viele hatten sich schön gemacht, Sonntagsstaat angelegt, anders als bei uns, bieder erschienen sie dir. Du dachtest an Zeitungsmeldungen bei uns nach Aufmärschen und Demonstrationen im Sozialismus: die Menschen werden zwangsverpflichtet zur Teilnahme.

Du suchtest eine Spur von Zwangsverpflichtung in den Gesichtern, mußtest über dich selbst lachen, denn deine Suche war ernsthaft.

Vor mir gingen die Sportler für den Frieden, die eine kleine Show abzogen mit einem von vielen gehaltenen Fallschirm, der im Dauerlauf in die Höhe gebracht wurde und die Läufer dann verschluckte. Gleichzeitig liefen andere mit einem Transparent rund um die Halbkugel: Sportler für den Frieden.

Sie brachten Bewegung in den Zug und die Zuschauer zu begeistertem Klatschen. Manchmal hielten sie an, um dann den Zug zu einem kurzen Lauf zu nötigen. Hinter mir ging einer, dessen Gruppe ich nicht kannte, so ein Untersetzter mit rundem Gesicht unter kurzem Haar, mit Anzug und Straßenschuhen. Für ihn bedeutete diese Demonstration harte Anstrengung. Wenn die Sportler losrannten und alles hinterher, beschwerte er sich, es sei ihm zu schnell, und wer diese Verrückten auf die Straße gelassen habe. Wenn er sich nicht über die Sportler aufregte, gab er tiefe Stoßseufzer von sich, wie gern er jetzt in einer Kneipe über einem kühlen Hellen säße, jetzt, jetzt in einer Kneipe ... Die müden Füße in den zu engen Schnabelschuhen um den Stuhl verknotet, das kühle Helle, dessen Schaum gleich einem Schnäuzer über den Lippen klebt, sah ich ihn vor mir, wie er die Fäuste hebt und über die Weltpolitik räsoniert. Räsoniert, solche Leute diskutieren nicht. Über dem kühlen Hellen perlen ihm bestimmt auch kühle Sprüche über „die Russen" von den Lippen. Ansehen wollte er sich die Leute aber nicht. Er vollführte einen Eiertanz, um seine Sehnsüchte nach verlangsamter Geschwindigkeit und einem kühlen Hellen allen zu unterbreiten, er sah nur die Leute an, mit denen er ohnehin die Mahlzeiten gemeinsam einnahm. Sah er sie an? Ich weiß nicht, gehe solchen Leuten im allgemeinen aus dem Weg. Von Zeit zu Zeit allerdings hatte er einen Ausbruch, stapfte mit erhobener Faust auf die Menschen am Straßenrand zu und dröhnte: Drushba, Drushba!, um sich sofort wieder den vertrauten Themen zuzuwenden. Seine Drushba-Ausbrüche erschreckten mich am meisten. Sie hatten etwas Bedrohliches.

An wessen Seite bist du marschiert? Ich weiß nur von einem. Deine Aufmerksamkeit war geteilt, die freundlichen Gesichter, die folkloristischen Darbietungen, der Tanz, in den du plötzlich einbezogen wurdest, ein wenig linkisch neben den anmutigen Tänzerinnen und Tänzern im Kreis, und trotzdem irgendwie glücklich, dazuzugehören, und dann er. Du beobachtetest ihn aus den Augenwinkeln, wolltest erkunden, was dich an ihm reizte. Du beobachtetest dich selbst, deine aufsteigende Furcht, wenn er sich allzulange entfernte, deine angestrengte Lockerheit, deinen Schritt anderen anzupassen, ein beiläufiges kurzes Gespräch einzuleiten oder nur ein Lächeln, und dann sofort an seine Seite zu gehen, wenn er wieder da war. Er hatte Augen bekommen, die leuchteten, als wenn über allen Meeren die Sonne schien, er lächelte mit seinem schmalen Mund unter dem Schnäuzer, schritt locker aus, winkte den Leuten zu und schien dich gar nicht wahrzunehmen, bis auf ein einverständliches Zunicken von Zeit zu Zeit, ein angedeutetes Lachen, das auch allen anderen gelten könnte. Trotzdem war er immer wieder neben dir. Welche Bedeutung haben die Fotos für ihn, überlegtest du. Eine Erinnerung an ein einmaliges Erlebnis, zu Hause den Freunden gezeigt, seht mal, und da war auch ich. Oder der Freundin. Oder hinter Folie gesteckt und in den Wandschrank gestellt, aufbewahrt zur späteren Verwendung, wenn einmal Kindern vergangenes Leben demonstriert werden sollte. Das Leben selbst konnte er doch so nicht einfangen, übrig blieben tote Bilder von Menschen, die er nicht kannte. Oder hielt er sich an dem Fotoapparat fest?

Wir näherten uns dem Stadion. Ellen, die Sängerin, reißt es mit, sie beginnt ein Lied zu singen, ein Lied früherer Weltfestspiele. Die am Straßenrand fallen ein, wiegen sich rhythmisch, strahlen sie an, immer mehr

Stimmen, die Kapelle weit hinter uns greift die Melodie auf, und nun singt der ganze Zug um uns herum. Ich bringe keinen Ton heraus. Gleichsam erschrocken lasse ich die Wellenbewegung der sich ausbreitenden Musik über mich ergehen. Ameisen kriechen meine Wirbelsäule hinauf und wieder hinunter.

Im Stadion hattest du ihn verloren. Du nahmst deinen Platz ein neben den anderen von der Evangelischen Jugend, die du nicht kanntest, die dir fremd waren und gleichgültig. Trotzdem bezogst du dich in ihre Gespräche ein, die keine Gespräche waren, kurz hingeworfene Eindrücke über die Größe des Stadions und was wohl die Funktion der in einem Block gegenüber gruppierten Menschen in weißer Kleidung sein möge. Da du freundlich bist und nicht nur ich deine offene Art wahrgenommen haben kann, wirst du schnell aufgenommen worden sein. Irgendwann saß er dann neben dir, und da wußtest du, daß dir allein das wichtig war. Es begann, vor deinen Augen zu flirren.

Im übrigen vor meinen auch. Ich bekam gemeine Kopfschmerzen, die sich im Verlauf der Veranstaltung so steigerten, daß ich befürchtete, ohnmächtig zu werden. Das war allerdings schon zu einem Zeitpunkt, als die ehemals im Block weiß leuchtenden Menschen mindestens hundert unterschiedliche Bilder aus farbigen Tüchern gezaubert hatten. Später diskutierte ich mit einem darüber, wie diese tausend Leute – ich weiß gar nicht, wie viele es waren – es fertigbrachten, wie auf Kommando ein großes Bild mit Flüssen und Bäumen und Sonne und Blumen und dann wieder eines mit der Aufschrift „Mir, Drushba, Festival" in unterschiedlichen Sprachen und rasantem Tempowechsel zu erzeugen.

Ich vermutete eine Art Notentafel, meine Kunstauffassung ist wahrscheinlich im letzten Jahrhundert steckengeblieben, er sprach mit großer Sicherheit von Computersteuerung durch einen Knopf im Ohr und einer Schaltzentrale. Die Vorstellung wiederstrebt mir auch jetzt, und letztlich will ich nicht wissen, wie dieser gigantische Tücherzauber zustande kam. Zauberei verliert ihren Reiz, wenn man weiß, daß alles nur Trick ist.

Du hast die Fotos gesehen, er schickte sie dir. Eine liebevolle Geste, du wagst nicht, mehr zu vermuten. Es steckt wirklich Leben darin. Eines zeigt einen Polizisten am Straßenrand mit glücklich aufgelöstem Gesicht, das die Uniform seltsam überflüssig erscheinen läßt. Ein anderes ruft dir die Erinnerung wach an die großen roten, selbstgebastelten Nelken aus Kreppapier, die die Frauen am Straßenrand in den Händen hielten. Keine verschmolzene Masse wird sichtbar, alle Abgebildeten tragen ihren ganz eigenen Gesichtsausdruck. Sogar die Fotos von dem gigantischen Schauspiel im Stadion geben nicht Versteinerung, Monument wieder, sondern rufen die Aufregung der hunderttausend Menschen aus aller Welt wach und deine Verwirrung, wo du den Blick hinwenden solltest. Du hast deinem Freund die Fotos gezeigt und seine Beunruhigung wuchs, weil er ahnte, daß einer mit so einem zärtlich genauen Blick hinter der Linse des Apparates auch dich mit diesem Blick berührt haben mußte.

Mir begann alles zuviel zu werden, die Menge, die Bilder auf dem Platz, die Stärke der aufgewühlten und die Wucht der in dem Schauspiel der tausend Akteure demonstrierten Gefühle. Pathos, dachte ich, und lächelte ironisch, als ein Tanz Tausender Kinder endete mit einer sentimentalen Szene, wo eine Mutter und ein kleines Kind sich über die Weite des Stadions hinweg in die Arme liefen, untermalt von schmelzender Musik. Mutter Erde, die ihre Knospe an die Brust drückt, die warme Mutter, die ihr Kind im Gewitter birgt, das Weibliche an sich und überhaupt, das Leben gibt und hegt und pflegt. Einer sagte hinterher, er hätte sich gefreut, wenn die Frau am Schluß ihre Koffer gepackt, das Kind zu den anderen Kindern gebracht und allein den Platz verlassen hätte. Ein anderer allerdings fragte mich, ob ich vielleicht Angst hätte, von Gefühlen überwältigt zu werden, wenn ich sie unkontrolliert fließen ließe. Er forderte mich auf, den Grund dafür in mir selbst zu suchen, daß mich das Bild starker Gefühle so ärgerlich mache.

Du besitzt die Gabe, dich dem Augenblick auszuliefern, ohne dich mit kritischem Blick zu distanzieren. Du suchtest nicht deine Haltung zu dem Spektakel, du warst dort. Du verfolgtest mit Kinderaugen, wie Gagarins Tochter, eine Fackel in der Hand, durch die Luft schwebte, um hoch oben das Festivalfeuer zu entzünden, du versuchtest, deinen Blick weit zu öffnen, um alles einzufangen und in dich zu nehmen, auch, um hier dein Fundament tiefer in die Erde zu setzen, auf dem du zu Hause, vielleicht in einer Betriebsversammlung, dich selbst aufbauen könntest. Du jubeltest den Delegierten bei ihrem Einmarsch ins Stadion zu, erhobst dich sogar zu früh, als die Nicaraguaner noch recht weit von euch entfernt waren. Hinter dir riefen einige, du solltest dich setzen, es sei doch noch gar nicht soweit. Du bliebst stehen, stehend grüßtest du auch die Delegierten aus El Salvador und erschrakst, als du die beiden auf Krücken humpelnden Männer sahst. Wenn du hinterher gefragt werden wirst, was dich auf dem Festival am meisten beeindruckt hat, wirst du sagen, das weiß ich nicht, da war viel zuviel. Vor deinen Augen wird aber das Bild der beiden Krüppel aus El Salvador erscheinen. Du wirst nichts verlauten lassen, es erschiene dir sensationslüstern, Bild-Zeitungs-Wahrnehmung. Ich glaube, du brauchst dich deshalb nicht zu schämen. Es ist nicht die Sensation, einen Verletzten durch das Stadion humpeln zu sehen; dir wurde deutlich, daß das Wort „Mir" einen Inhalt hat, daß die Kämpfe durch den Jubel nicht weggefegt sind, daß der Jubel Teil des Kampfes ist, und die Verwundeten machten sichtbar, wie hart der Kampf ist, auf welcher Seite wir stehen und auch, daß wir mittendrin stecken.

Meine Kopfschmerzen verstärkten sich. Ich band mir ein Kopftuch um, setzte eine Brille auf, schob alles auf die Sonne, erfuhr anschließend, die Sowjets hätten das Wetter künstlich schön gemacht und führte von da an die Kopfschmerzen darauf zurück, empört, und schwieg still, als mein Moskauer Freund Slava, den ich wiedersah, erstaunt fragte, wieso ich es nicht als Freundlichkeit empfände, wenn unseretwegen schönes Wetter erzeugt würde. Schließlich koste solch Unterfangen viel Geld, und ob ich gern im Stadion im Regen gesessen hätte. Du beschwerst dich, warf er mir vor, wie undurchschaubar die Organisation ist, wie mühsam du zu den Delegierten aus anderen Ländern vordringst, du unterstellst uns, wir würden absichtlich den Prozeß des Zueinanderkommens verlangsamen, nur um alles schön ruhig zu halten. Warum haben wir es denn nicht regnen lassen? Was meinst du, wie ruhig es dann auf den Straßen geworden wäre. – Aber Slava sah ich erst viele Tage nach der Eröffnung des Festivals.

Du tauchtest unter.

Vor der Abfahrt zum Stadion war mir einer begegnet, vollständig ins SDAJ-outfit gekleidet, T-Shirt, weiße Regenjacke, weiße Mütze mit roter Beschriftung. Das ist der Tarnanzug für das Tauchbad in der Menge, hatte er lachend erklärt. Er war kein SDAJler. Du hattest dich nicht verkleidet, trugst Jeans und einen weiten grau-verschossenen Pullover über einem Hemd.

Aber du tauchtest unter. Erstaunt bemerktest du, wie dein Arm, der wenige Millimeter von ihm entfernt war, ihn manchmal streifte und auch längere Zeit ganz an ihn gedrückt wurde, eine Hitze annahm, die deinen Körper in Wellen überschwemmte. Du wehrtest dich nicht dagegen. Du wurdest heftig aus deinem Wärmebad gerissen, als West-Berlin aufmarschierte. Um dich herum begann es zu rumoren, und als einige buhten, andere noch fragten, was denn eigentlich los sei, riß es auf den Bänken der BRD-Delegation immer mehr mit, um dich herum reckten sich drohende Fäuste, schrie es aus verzerrten Gesichtern: Aufhören, aufhören. Du verstandest überhaupt nichts, versuchtest, den Mann von der Schrebergartenjugend zu beruhigen, dessen rundes Gesicht unter dem blonden Schopf rot angelaufen war und der sich vor Wut kaum lassen konnte: West-Berlin dürfe doch nicht eigenständig auftreten. Als du ihm vom Vier-Mächte-Abkommen erzähltest, war er einen Moment still, ließ sich dann auf kein Gespräch mehr ein, hüpfte vom Sitz wie ein Springball und forderte lauthals, das Festival solle abgebrochen werden. Die von der Evangelischen Jugend, die dir vorher freundlich und offen erschienen waren, tobten im Gleichklang, nur er sackte neben dir leicht in sich zusammen, grinste dich schief an und sagte leise, so sei es nun einmal, und die würden sich schon wieder beruhigen. Du rücktest innerlich von ihm ab, weitetest deinen Blickwinkel auf die hinter und neben den Westdeutschen sitzenden Delegierten aus anderen Ländern, trafst auf Erstaunen und Unverständnis. Die Westberliner waren mit ihrer roten Bärenfahne vorbeimarschiert, um dich herum fiel es in sich zusammen, als zischte die Luft aus einem Ballon, Ratlosigkeit blieb übrig und ein wenig Verlegenheit. Er hatte dein Abrücken wohl gespürt, zog dich in eine Diskussion über die künstlerische Qualität der Aufführung. Ihn erinnerte der Pomp des Schlußbildes an die Katholische Kirche mit Gold und Flimmer und übertriebener Symbolik. Du entgegnetest schnippisch, dann sollten die Popen in Rom die weißen Tauben doch bis nach Nicaragua fliegen lassen, schließlich komme es wohl immer darauf an, ob ein Symbol gelogen oder ehrlich sei, und wenn im Moskauer Lenin-Stadion am Schluß jede Menge weiße Tauben in die Luft geschickt würden, wüßtest du, daß es so gemeint sei. Und über künstlerische Qualität seist du zu urteilen nicht in der Lage.

Meine Kopfschmerzen belagerten mich. Immer noch suchte ich angestrengt nach Gegenmaßnahmen. Ich entschloß mich, etwas zu essen, zauberte ein Wurstbrot aus meiner Lunch-Tüte, biß hinein, und da begann Gorbatschow zu reden. Einige im großen Rondell des Stadions erhoben sich, geschlossene Delegationen, unsere Dolmetscher blieben mit uns sitzen, aber lauschten respektvoll, und ich kaute mein Wurstbrot. Zuerst unbefangen, dann zögernd, dann trotzig, Mir sollte keiner mit Autoritäten kommen, vor denen ich die Schuhe ausziehn muß. Gorbi selbst sah mich doch nicht, ihn konnte ich nicht irritieren beim Reden, weshalb also sollte ich mit dem Kauen aufhören. Als die Rede beendet war, sagte einer neben mir, der hat ja eine schöne Stimme. Verstanden hatten wir nichts, würden die Übersetzung anschließend nachlesen und über den Satz, die Sowjetunion trete für Frieden und Sozialismus ein, heftige Diskussionen führen.

Schon mutig von ihm, wird er später zu dir sagen, die verstecken hier nichts von dem, was sie für richtig halten. Anbiederung scheint nicht ihre Stärke zu sein. Eindeutig fand er sie, entschieden, manchmal zu streng, und natürlich war er in vielem anderer Meinung, aber ihre Klarheit imponierte ihm. Dich brachte die Diskussion über den Satz, die Sowjetunion trete für Frieden und Sozialismus ein, wieder zur Frage des Auftretens als Kommunistin „zu Hause" zurück. Wie häufig ist es dir begegnet, daß sich ein Genosse in seinem Mietshaus als Kommunist nicht zu erkennen gab. Wie oft erlagst auch du der Versuchung, dich hinter einem anderen Etikett aufgehobener zu fühlen und es auch dort, wo es nicht sein mußte, eher anzustecken als das der Kommunistin. Gewerkschafterin, in der Friedensbewegung aktiv, meine Frauengruppe, das sagt sich viel leichter als Deutsche Kommunistische Partei oder Sozialistische Deutsche Arbeiterjugend.

Ich kann die Ängste verstehen. Obwohl ich genauso trotzig, wie ich bei Gorbatschows Rede Wurstbrot kaue, anderen ohne Ansehen der Person meine Auffassungen um die Ohren hau'. Allerdings, Susanne, ich muß dir etwas erzählen in diesem Zusammenhang: Als ich beschloß aufzuschreiben, was ich von dir weiß, zögerte ich einen Moment, ob ich aus dir nicht eine Juso-Frau oder DGB-Jugendliche machen sollte. Schon im Flugzeug, als wir ganz lange miteinander sprachen und ich, nun endgültig bezaubert von deinen braunen Augen und deiner Art, die Welt und die Menschen und die Liebe zu sehen, beschloß, alles aufzuschreiben, war da so ein Moment Angst vor der eigenen Courage. Es ist, als gäbe es eine Regel für die literarische Arbeit hierzulande: Mache keine Kommunistin zu deiner Hauptfigur! Handelst du dieser Regel zuwider, trägst du das Etikett „Parteischreiber". Und das ist ein Schimpfwort. Susanne, du, manchmal, wenn ich jetzt an der Schreibmaschine sitze und über dich nachdenke, packt mich die Angst vor diesem Wort.

Im Autobus, nach der Veranstaltung, warst du sehr müde. Du wolltest dich klein machen, noch viel kleiner, als du ohnehin schon bist, kinderklein, und all die bösen Worte um dich herum über den Einmarsch der Westberliner einfach nicht hören. Es keifte und bellte an deine Ohren, du warst froh, als der Bus ansprang und das laute Geräusch die Stimmen verschluckte. In den Kurven wurdest du an ihn gedrückt, und da bliebst du liegen. Du murmeltest, du seist so müde und ob er dich in den Arm nehmen könnte, und als er das tat, seufztest du auf. Und wieder tauchtest du unter. In das Behagen, dich in seinen Armen geborgen zu fühlen, in die Nähe, die einfach da war. Du stelltest dir keine Fragen danach, wer er eigentlich war, ob deine Sehnsucht nach seinen Armen, seiner Haut, seiner Zärtlichkeit deiner Müdigkeit entsprang oder irgend etwas anderem. Ob es nur dieser sein mußte oder jeder andere dich jetzt ebenso hätte halten können. Du dachtest nicht an deinen Freund und auch nicht daran, ob auf IHN „zu Hause" eine Frau wartete. Euer Zuhause war nun das Hotel „Ismailowa". Manchmal spürtest du, wie sein Daumen über deinen Pullover streichelte. Du wolltest sein Streicheln auf der Haut spüren, zogst den Pullover aus, der Zwiebellook macht alles möglich. Da hielt er seine Hand abgespreizt, und du warst enttäuscht. Betont burschikos meintest du, wenn er sich vor deinen nackten Armen fürchtete, könntest du den Pullover überlegen. Da hielt er dich wieder fest.

In den Zeitungen lese ich nachträglich Festivalberichte. In den einen nur West-Berlin, in den anderen nur Begeisterung. Seltsam. Als gäbe es das Dazwischen nicht. Die Frage, ob die Westberliner nun mit Fahne einmarschieren dürften oder nicht, war mir herzlich egal. Wikkelt euch doch in die Fahne ein, oder wischt den Boden damit, war meine Antwort, wenn die Augen allzu giftig wurden bei diesem Thema. Die lauthals verkündete Forderung, die Sowjets hätten den Westberlinern das Tragen der Fahne untersagen müssen, brachte mich zum Lachen. Autoritätshörigkeit als Hochseilakt.

Am nächsten Morgen brutzelte es in der Gerüchteküche. Die DGB-Jugend würde abfahren, sie hätten Order von den maßgeblichen Funktionären daheim, im Falle des Einmarsches von West-Berlin mit Fahne sofort die Koffer zu packen. Dir war es unwichtig. Du hattest deine Aufgabe zu erfüllen, deine Arbeitsgruppe würde besucht sein von Delegierten aus der ganzen Welt, ob nun einige Westdeutsche mehr oder weniger dort anwesend wären, darauf kam es nicht an. Und deine politische Arbeit zu Hause in deinem Betrieb würde nicht angetastet dadurch, ob einige Delegierte abführen oder nicht. Du denkst nüchtern. Du weißt, daß die Weltfestspiele den meisten, mit denen du täglich zu tun hast, vollkommen unbekannt sind. Eine Kollegin hatte vor deiner Abfahrt Erstaunen geäußert, wieso du zum

Festival führest, obwohl du unsportlich seist. Sie hatte es für eine Art Jugendolympiade gehalten.

Du hattest also deine Aufgabe. Schon am ersten Tag solltest du einen Diskussionsbeitrag halten über die Rechte der weiblichen arbeitenden Jugend in der BRD, darauf war dein Denken gerichtet vom Wachwerden an. Die Diskussionen beim Frühstück glitten an dir ab wie vorher das Wasser der Dusche an der Haut. Allerdings nicht völlig, sei ehrlich, die Evangelische Jugend sollte lieber nicht abreisen, oder? Vielleicht war es aber ganz anders, als ich es mir vorstelle. Vielleicht wäre es dir nur recht gewesen, hätte klare Verhältnisse geschaffen, bevor unklare beginnen konnten.

Du bist mir ein lieber Gast geworden; morgens nach dem Frühstück, wenn alle die Wohnung verlassen haben, setze ich mich mit dir noch einmal an den Tisch, schenke uns beiden Tee ein, rauche eine Zigarette, und wir legen das Thema des heutigen Tages fest. Verhältnisse, sagtest du heute morgen, das Wort allein mißfällt mir. Normalerweise habe ich keine Zeit, über Worte nachzudenken, Taten müssen getan und Worte gesagt werden. Wenn ich anfange, über alles nachzudenken, höre ich auf zu handeln, das kann ich mir nicht leisten. Zum Zuviel-Nachdenken sind die Zeiten nicht, das überlassen wir den Dichtern. Die ihr dann auch nicht ernst nehmt, fiel ich ein, und du begannst zu lachen, ein unernstes Mädchenlachen. Außerdem haben wir doch fürs Denken abgestellte Ideologen ... Nun gut, aber da du nun einmal bei mir warst, wolltest du dich aufs Hin- und Herwälzen von Worten einlassen, sie betasten, an ihnen riechen und gewissermaßen im voraus abschmecken, wohin sie gehörten ... die Worte prüfen wie die

Türkinnen das Gemüse ... Verhältnisse, darin steckt Halten und Verhalten, beides lehnst du ab und Nissen sowieso, die machen nur Scherereien. Obwohl – lehnst du Verhalten wirklich ab? Du bist nicht aufdringlich, in deinem Dunstkreis ist für viele Platz. Und auch, erinner dich, wie du ihm gegenüber handeltest: an dich gehalten, zurückgehalten, ständig wieder überprüft und alles andere als losgelassen.

Susanne, wie fühltest du dich denn, als du dich mit Luiz trafst, ihn am Telefon hinhieltest, weil du erst wissen wolltest, ob du mit IHM den Abend verbringst. Zwei Stunden später sollte Luiz dich noch einmal anrufen, in den zwei Stunden strömertest du wie angelegentlich durchs Hotel, schlendertest durchs Restaurant, vielleicht daß er zufällig ... Nach zwei Stunden warst du wieder in deinem Zimmer, über die Maßen müde und bereit, dich mit jedem zu verabreden, der dir über den Abend hülfe. Da war die Nacht im Gorki-Park schon Geschichte und die Verhältnisse noch unklarer, als du befürchtet hattest.

Erzähl mir vom Gorki-Park.

Es war Abend, du kauftest dir ein Eis auf dem Platz vorm Hotel, wo immer Musik war und gute Stimmung. Du warst zufrieden mit dir, so eine gemütlich-schläfrige Zufriedenheit. Dein Beitrag war gut angekommen, es hatte zwar nicht die Diskussion gegeben, die du erwartet hattest, mehr eine Aneinanderreihung von Statements und Situationsberichten, aber du selbst hattest deine Sache gut gemacht und viele neue Informationen über die Situation der Jugend in anderen Ländern wach aufnehmen können. Nun war der Abend fortgeschritten, und dich verlangte nach nichts mehr, als hier, auf

dem Steinsockel sitzend, langsam und genüßlich dein
Eis zu schlecken, noch ein wenig Festival-Alltag zu betrachten,
die Moskauer Familie dort mit ihrem Baby,
das der Vater, strahlend und offenbar verliebt in sein
Kind und ins Festival, angickte, angurrte, anquäkte, um
es zum Lachen zu bringen. Die drei jungen Frauen,
auch Einheimische, die lachten und kicherten und von
Zeit zu Zeit ihre kleinen Kinder aus irgendwelchen entfernten
Ecken ohne große Umstände zurücktrugen, damit
die sich wieder auf den Weg machten. Die Afrikaner
dort hinten, die lachten, rhythmisch die Arme wie
Trommelschlegel rührten und deren bewegliche runde
Hintern du mit Vergnügen ansahst. Der Tag war gut gewesen,
der Abend ein entspannter und beschaulicher
Ausklang. Da saß er plötzlich neben dir. Er hatte dich
gesucht, er wollte gern etwas mit dir unternehmen. Und
er fügte hinzu: Nur mit dir, als müsse er es loswerden.
Eine Ladung, die er mit sich herumgetragen hatte und
nun ablud vor deinen Füßen. Nun hattest du sie, und er
schien seiner Sehnsucht entledigt.

Ihr fuhrt zum Gorki-Park. Vom Bahnhof bis zur Brücke
ein Polizei-Kordon, der die Massen in eine schmale
Gasse leitete und Einlaßkarten kontrollierte. Er war
entsetzt. Dich beunruhigte nur der Mann an deiner Seite,
nicht die Polizisten. Sie trugen außer der Uniform
keine Waffen, schließlich. Und er solle doch einmal ein
Fußballstadion aufsuchen, da würde er mehr Polizeiaufgebot
vorfinden – und mit Knüppeln. Er preßte
die Lippen zusammen. Er sei hier auf dem Weltfestival
der Jugend und nicht auf einem Fußballfeld, er sehe
niemand randalieren, und weshalb nicht alle, die wollten,
Einlaß zum Gorki-Park erhielten. Es sei wie überall
bei diesem Festival, das Zusammenkommen durch

Organisation und Bürokratie und Einlaßkarten hier und dort zumindest erschwert, wenn nicht unmöglich gemacht. Du erinnertest an das organisierte Chaos und die Hells Angels bei amerikanischen Rock-Veranstaltungen, er erinnerte an Woodstock. Aber da war nichts Feindliches zwischen euch, und nach den ersten hundert Metern im Gorki-Park hatte der euch in seinem Trubel verschluckt. Dich allerdings schnell wieder ausgespuckt, du wußtest blitzartig, daß du hier nur seinetwegen warst. Du folgtest ihm auf die Holzplanken, von wo aus ihr versuchtet, einen Sänger mit seiner Gitarre zu sehen. Er strahlte dich an, auch hier gebe es also Liedermacher. Ihr konntet nichts erkennen. Du schon gar nicht, bist viel zu klein. Zu viele Leute standen vor euch. Zu viele Leute standen dort, wo anscheinend Ballett aufgeführt wurde, zu viele Leute waren überall, und du wolltest auch allein mit ihm sein. Schließlich, müde Füße schon, und er hatte für euch in der Schlange gestanden, um Cola zu besorgen, du warst von Russen angesprochen worden, die dir mit Gesten und Augen und fremden Worten deutlich zu machen versuchten, wie sehr das Festival sie begeistere, die dich einluden zu einer Kahnfahrt – da sagtest du ihm alles, als er zurückkam. Deine Beunruhigung über seine Nähe, deinen Wunsch, immer näher an ihn zu rücken. Da hattest du vorher schon im Gewimmel um seine Hand gebeten, noch bemäntelt durch die Bemerkung, du wollest ihn nicht verlieren.

Seine Antwort war nicht schroff abweisend, eher nachdenklich, eher sogar liebevoll, aber dennoch abweisend. Er sei gern mit dir zusammen, er fühle sich wohl in deiner Gegenwart, er unterhalte sich gern mit dir, aber er fände dich nicht toll.

Das gab dir einen Stich. Dabei hattest du gar nicht von ihm wissen wollen, ob er dich toll finde. Du gehörst nicht zu den Frauen, die ‚toll' sein wollen, wendest dich eher befremdet ab, wenn Frauen triumphierend erzählen, sie bekämen jeden Mann, den sie wollten. Aber offenbar zählte für ihn mehr, eine Frau toll zu finden, als sich mit ihr wohl zu fühlen. Er wollte keine Liebesbeziehung zu dir. Will ich denn eine, fragtest du zurück, habe ich denn davon geredet. Du wolltest nur immer sehr nah an ihn heran, in dir wäre eine Spannung, wenn er neben dir ginge, du ertrügest sie kaum.

Er wolle seine Beziehung zu einer Frau zu Hause klären. Und klären bedeute für ihn, die Verworrenheit, in der sie steckten, zu entwirren, durchsichtig zu machen, was sie verbindet und trennt, eine Entscheidung für die Zukunft zu fällen.

Diese Frau sei verheiratet, habe zwei Kinder, lebe zuerst einmal in den Konflikten mit ihrem Mann, dem sie zu zärtlich sei, zu anschmiegsam, er nenne es klebrig, dem sie angeblich zu wenig Freiraum gewähre. Ihm sei ihre Zärtlichkeit immer wieder bei ihren seltenen Treffen – sie wohne darüber hinaus in einer anderen Stadt, in ganz anderen Lebensumständen als er – immer wieder neu ein unverhofftes Geschenk. So sagte er es: ein unverhofftes Geschenk. Und dir zog sich der Magen zusammen. Das Feuerwerk in der Ferne oder Nähe – von welcher Bedeutung ist das schon bei dem bunten Sternenschauer, in dessen Begleitmusik von ah und oh um dich herum du dich nicht einreihen konntest – machte dir alles nur noch schwerer, und du wünschtest schmerzlich, eine tolle, funkelnde, strahlende Frau zu sein und kamst dir vor wie das graue Mäuschen persönlich.

Er hatte sich mit der Frau noch einmal getroffen, bevor er nach Moskau gefahren war. Ihrem Mann sei es eher angenehm, wenn sie ihre eigenen Wege gehe, er erwäge Trennung. Ihr Mann spreche kaum mehr mit ihr, aber sie liebe ihn immer noch. Er wisse, daß sie sich an ihm festhalte in dem schwankenden Kahn, der mit ihrem Leben herumstrudele.

Sie hatten im Shell-Atlas einen Treffpunkt in der Mitte herausgefischt, beiden unbekannt, er sollte das Zelt mitnehmen, sein Freund aus der Wohngemeinschaft besaß eins. Er fuhr los mit gemischten Gefühlen, wie würde sie dieses Mal sein, voll von traurigen Geschichten über ihren Mann oder zärtlich und ganz bei ihm, wie sie schon manches Mal vorher gewesen war, und dann hatte er immer vergessen, daß nicht er mit ihr durch den Alltag ging. Oder würde sie von ihm etwas wollen, das ihn überforderte. Denn es war doch wohl die Angst ihres Mannes, ihren Forderungen nicht entsprechen zu können, so daß er sich völlig zurückzog. Er selbst kannte diese Angst auch aus anderen Beziehungen und erwartete sie immer wieder bei seinen Treffen mit ihr. Aber sie war nie eingetroffen, verschwand nicht nur, es wurde absurd, unvorstellbar, daß er sie jemals hatte haben können. Die Frau forderte nicht, sie war immer nur bei ihm, ganz und gar, zärtlich und ohne jeden Vorbehalt. Sie gab sich ihm vollständig hin und ihre Worte von Liebe für ihren Mann verloren für ihn an Bedeutung.

Der Campingplatz gefiel ihm nicht. Zelt an Zelt, kein Plätzchen zum Plaudern, nichts, was die Überbrückung von Fremdheit möglich machen könnte. Er war zum Glück viel zu früh angelangt, strich in der Gegend herum, machte eine Wiese ausfindig und sogar den Bauern, dem sie gehörte, erkaufte Einverständnis, die Nacht dort zu verbringen, kehrte zurück zu dem unwirtlichen Zeltplatz, um eine Notiz an den Bretterverschlag zu heften, wo ‚Anmeldung' stand. Die Erlaubnis, einen kleinen Teil des beschmierten Fensters mit dem Zettelchen zu belegen, war schwieriger zu erhalten als die, die Wiese über Nacht zu benutzen. Seine Spannung wuchs und auch eine unbändige Freude. Er stellte sich alles vor: er würde jetzt zur Wiese fahren, das Zelt aufbauen, die Weinflasche entkorken, Kerzen anzünden und sie einladen, sein lieber Gast zu sein.

Da stand er dann, die Stangen schon zusammengeschoben, das Zelt locker drübergelegt, alles wackelte noch, aber die Vollendung des Bauwerks stand kurz bevor, nur die Heringe mußten in die Erde geklopft werden. Doch die Heringe fehlten, er schüttelte den Zeltsack immer wieder aus in der Hoffnung, in irgendeiner Ecke fänden sie sich doch noch, richtete zwischendurch die Zeltstange wieder auf, wenn sie sich gar zu gefährlich neigte und mußte sich schließlich eingestehen, daß die Heringe nicht da waren. Irgend jemand mußte sie gebraucht und nicht wieder zurückgelegt haben. Wohngemeinschaft. Er knurrte wie der Schäferhund des Bauern, um den er vorhin einen weiten Bogen gemacht hatte. Es war dunkel geworden. Er entkorkte die Weinflasche, während er immer wieder nach der Zeltstange griff, er zündete die Kerzen dennoch an, und der Wind war nicht so stark, daß sie erloschen. Er stand mit der Zeltstange in der Hand und wartete auf sie. Da hörte er den Motor eines Autos, und sogar der Motor suchte. Und bevor er noch einen Entschluß hatte fassen können, was jetzt wichtiger wäre, die Zeltstange zu halten oder ihr entgegenzulaufen, kam sie schon auf die Wiese, ein strahlendes Lächeln und ein dickes Federbett bei sich.

In dir saß ein wilder Schmerz, und du fragtest dich, warum er dir das alles erzählte. Wollte er dir wehtun, wollte er dich, graues Mäuschen, warnen, in Konkurrenz zu einer solch strahlenden Frau zu treten. Aber selbst jetzt verließ dich nicht deine Fähigkeit, genau hinzusehen, und du erkanntest, daß er sich selbst in den Bildern seiner Erinnerungen verlor. Du ahntest noch mehr, schobst es aber schnell fort, denn du wolltest dir nichts vorlügen, um dir Hoffnung zu machen. Es war, als suchte er in den hervorgeholten Bildern eine Antwort auf eine Frage, eine Sicherheit, von der er nicht einmal wußte, wo sie angesiedelt sein könnte. Er bemerkte deinen prüfenden Blick und schloß kurz.

Sie entschieden sich, lachend über sein Mißgeschick, die Nacht unter den Sternen zu verbringen. Und die Nacht war schön...
 Sein Gesicht wurde weich und verletzlich, als er hinzufügte: Ich habe in dieser Nacht und am nächsten Tag erstmals auch ihre Grenzen erlebt... ich will aber jetzt keine Liebesbeziehung zu dir, ich habe mir vorgenommen, wenn ich zurück bin, Klarheit in die ganze Geschichte zu bringen, so oder so, ich hab' da auch eine Verantwortung...

Deine Antwort war schroff und dein Gesicht dunkel, denn du sahst ihn nicht an, sondern auf das Lachen und Gespritze der Kahnfahrer auf dem See. Du wolltest auch keine Liebesbeziehung zu ihm. Das hättest du doch wohl nicht behauptet. Du wüßtest nicht einmal, was du von ihm wolltest, schließlich kennest du ihn überhaupt nicht.

Auch sein Nicken tat dir weh, aber das zeigtest du nicht. Kannte er dich denn nicht, warst du ihm wirklich so fremd?

Du hättest nur gespürt, daß zwischen euch eine Spannung herrschte, daß es dir gefiele, von ihm im Arm gehalten zu werden, daß du es seist, die Hand in Hand gehen wollte und er eher Distanz demonstrierte. Da wolltest du lieber die Karten offen auf den Tisch legen. Katz-und-Maus-Spiel sei nicht dein Ding.

Er nehme dich auch gern in den Arm, sagte er, er könne sich auch vorstellen, mit dir zu schmusen. Aber nicht mehr. Er wolle keine Liebesbeziehung mit dir!

Es ist einer von diesen schrecklichen Sonntagnachmittagen. Eben haben wir telefoniert, Susanne. Ich saß auf meinem Bett, versuchte, mich in das hineinzufühlen, was Erholung genannt wird, hatte Schostakowitschs „An den Oktober" auf den Plattenteller gelegt und erinnerte mich an russisches Pathos, das unverhohlene Zeigen starker Gefühle, da klingelte das Telefon. Deine Stimme klang klein. Du hattest dein Telefonverzeichnis rauf- und runtergewählt, niemanden erreicht. Was unternehmen nur alle an einem solchen Tag. Deine Verlorenheit paarte sich mit meiner, und wir trösteten uns. Vor einer Woche genau waren wir erst zurückgekehrt, die zehn Tage waren voll gewesen von Menschen, Begegnungen, Gesprächen, Anforderungen und wechselnden Stimmungen und Gefühlen, wie sollten wir dem Loch entgehen, das hinterher fast zwangsläufig klaffen muß.

In meiner Wohngemeinschaft war heute nachmittag Besuch. Die junge Frau hat seit einer Woche ihr Referendariat begonnen und lebt schon wie ein Soldat. Auf Zeit. Mit einem Zentimetermaß, von dem täglich ein Schnipsel die Hoffnung auf verringerte Qual verkündet. Aber auch einen Tag Leben weniger. Und einen Tag mehr Nähe zur Arbeitslosigkeit. Ihre müden Augen begannen zu strahlen, als sie vom Festival erzählte. Sie ist nicht dabeigewesen, aber immer wenn sie davon höre, könne sie zu heulen anfangen. Weil alles so beeindruckend sei, so irre stark. Der junge Mann an ihrer Seite, Student aus Hamburg, war eher skeptisch. Ob denn da überhaupt Möglichkeiten gewesen seien, sich einzubringen, selbst etwas zu tun. Ob es Sport und Kunst und Tanz für alle gegeben habe. Und ob die Diskussionsbeiträge in den einzelnen Zentren, wenn sie schon einen Tag vorher angemeldet werden mußten, nicht ätzend langweilig gewesen seien.

Deine Stimme klang klein. Dein Freund war gerade spazieren gegangen, allein, er mußte nachdenken. Zwischen euch finden Gespräche statt, die beide verletzen. Ihr lebt schon drei Jahre zusammen, aus einer Schülerliebe bruchlos ins Leben als Mann und Frau geglitten, es ist nicht das erste Mal, daß du dich zu einem anderen hingezogen fühlst, du kennst dieses Ereignis aus Ferien und Freizeiten und Festen mit Genossen, aber noch nie hast du euer Zusammenleben wirklich in Frage gestellt, dich der Frage gestellt, wie du überhaupt leben willst.

Auch du lebst mit dem Zentimetermaß. Er hat dich angerufen. Ja, er hat dich angerufen. Plötzlich abends kam dein Freund mit dem Telefon in dein Zimmer, wo du schon im Bett lagst mit einem Buch. Seit du zurück bist, liegst du mit nichts als einem Buch im Bett. Er sah dich nicht an, reichte dir das Telefon und verschwand sofort. Dein Herz begann zu rasen. Du gabst dir Mühe, deine Freude zu verbergen, er sollte nicht denken, aufgrund eines Anrufs machtest du dir Hoffnungen auf mehr. Aber du machtest dir Hoffnungen, denn weshalb sollte er dich anrufen, wenn nicht auch er an dich dachte, wenn nicht auch für ihn die Zeit ohne dich eine Leere verbreitete, die er mit einem Gespräch zu vertreiben suchte. Er vermied es sorgsam, Nähe zustande kommen zu lassen. Ihr spracht sogar über das Wetter, über die Fotos, die er gemacht hatte, später schickte er sie dir. Heute aber, sagtest du mir, habe ich ihn angerufen, ich hab' es nicht mehr ausgehalten. Jede Nacht hab' ich das Telefon neben mein Bett gestellt und gehofft, es möge mich wecken. Wilde Träume haben mich belästigt, aber kein Klingeln dieses feindseligen grauen Apparates neben meinem Bett. Heute habe ich ihn also angerufen und eingeladen. Hab' mich munter gegeben, gesagt, ich hab' einen Kuchen gebacken, hast du nicht Lust zu kosten. Er ist sogar drauf eingegangen, hatte sich heute aber schon zu einer Fahrradtour verabredet, fragte dann, ob ich ihm ein Stück aufbewahren könne bis zum nächsten Wochenende, da beabsichtige er ohnehin, Freunde zu besuchen, die ganz in meiner Nähe wohnen, dann komme er Samstag nachmittag bei mir vorbei. Jetzt leb' ich mit dem Zentimetermaß, überschlüge am liebsten die nächste Woche in meinem Leben und wachte gleich Samstagmorgen auf.

Aber wie soll ich es nur schaffen, ihm mein Herzklopfen zu verbergen. Er soll doch nicht befürchten müssen, ich wollte mich an ihn hängen.

Dies schlimme Herzklopfen kennst du schon, Susanne, du wirst es auch diesmal aushalten. Es überfiel dich das erste Mal in dieser Stärke, als du deinen zweiten Diskussionsbeitrag im Zentrum für die Rechte der Jugend halten solltest.

Du warst ihm aus dem Weg gegangen nach eurem Spaziergang durch den Gorki-Park, und es ging dir hervorragend dabei. Keine Sehnsucht, keine Unruhe, nur das gelassene nüchtern-frohe Durch-die-Tage-Gehen, das dir eigen ist. Gefühlswirren sind dir fremd, und du wendest dich eher von den Frauen ab, die über nichts anderes reden als über ihre neueste Verliebtheit. Du lerntest Luiz kennen und – lassen wir das nicht außer acht – auch mich. Luiz' Interesse konntest du gut gebrauchen, es verlieh deinem Entschluß, diesem Mann künftig aus dem Weg zu gehen, einen Glanz, der den Trotz wegpolierte. Du hattest es nicht nötig, dich einem Mann aufzudrängen, der ständig meinte wiederholen zu müssen, er wolle keine Liebesbeziehung zu dir. Hattest du denn jemals gesagt, du wollest eine zu ihm. Hattest du nicht! Er sollte sich nichts einbilden. Du warst zu Hause in festen Händen, und die hielten dich mindestens so geborgen wie die Arme dieses großen Menschen. Was war schon geschehen? Eine lächerliche Unruhe in seiner Nähe, eine alberne Sehnsucht nach seinen behaarten Armen und seiner Brust, auf der die Haare bis zum geöffneten Hemd hinaus lockten, ein sentimentales Eintauchen in die Weite seiner Augen. Nun gut, aber alles entschwand, wenn du fort von ihm warst. Aus den Augen, aus dem Sinn, und so war es gut. Und wenn er dich nicht toll fand, daß er an Liebe in deiner Gegenwart dächte – überhaupt, welch überflüssiges Attribut: „Tollheit" – wenn du auch nicht die strahlende Frau für ihn warst, die ihn in ihren Sog zog, so gab es immerhin andere Männer, die durchaus solche Frauen wie dich anziehend fanden.

Es hatte ein Freundschaftstreffen mit dem ANC stattgefunden, du wurdest mitgerissen in den Strudel von Kampfesmut, Solidarität und lebendiger Zärtlichkeit. Ja, da hatte es so etwas wie kollektive Zärtlichkeit gegeben. Selbst die Reden zu Beginn versackten nicht unter den Anwesenden wie ein zu klobiger Stein, der nicht übers Wasser hüpfen kann, bevor er eintaucht. Du fragtest dich, woher diese Menschen kamen, die dir alle unsagbar schön erschienen mit ihrer dunklen Haut, den Augen wie brennende Kohle auf weißem Lack, den biegsam swingenden Körpern und dem arglosen Kinderlachen. Wie sollten sie aus Südafrika gerade jetzt herausgekommen sein, und dann noch zu den Weltfestspielen? Ich vermutete, als du davon erzähltest, sie lebten in allen möglichen Ländern, aber nicht in Südafrika, dort hätte man sie doch nie und nimmer nach Moskau gelassen. Du schütteltest den Kopf. Doch, die kamen von dort. Die trugen die Kämpfe mit sich und die Sicherheit, nach zehn Tagen voll Solidarität und Atemholen wieder in den Kampf zu gehen, vielleicht in den Tod, aber in einen Tod beim Kampf um die eigene Würde.

Du hattest einen kennengelernt mit einem seltsamen Namen, den du nicht behalten konntest. Er erzählte dir von seiner Arbeit in einem ANC-Büro in London. Er war schön, sagtest du, und du möchtest mal wissen, wie die es schaffen, so nachdenklich und klug zu reden, so stark und kämpferisch an ihrem Ziel festzuhalten und dabei soviel Fröhlichkeit auszustrahlen, soviel Lebenslust. Einen ganzen Nachmittag verbrachtet ihr miteinander, tanzend, redend, und seine weißen Zähne blitzten, wenn er dich anlachte. Was er oft tat. Auch er ließ sich deine Telefonnummer geben, auch er bekundete das Bedürfnis, dich besser kennenzulernen, er sprach sogar davon, daß London nicht weit sei.

Beim Abendessen, zwei Tage später, saß ER dann plötzlich vor dir, strahlte dich an, redete eine Unmenge, sagte, er hätte dich vermißt und wo du denn bloß gesteckt hättest, erzählte sogar von seiner Kindheit, seinen Wünschen für die Zukunft, lächelte irgendwann verlegen, als er feststellte, daß sein Essen kalt wurde. Ich rede wohl zuviel... Er hatte den Tag durch Moskau bummelnd verbracht, war erstaunt, wie viele Leute Englisch sprächen und wie freundlich und offen alle wären. Alle wollten Stickers tauschen, und immer mußte er seine Unterschrift auf Wunsch von Jungen und Mädchen unter die deutsche Fahne auf ein Poster setzen. Er fragte dich nach deinen Plänen für den kommenden Tag, er würde gern etwas mit dir gemeinsam unternehmen, du wehrtest ab, du hättest am kommenden Morgen deinen nächsten Diskussionsbeitrag über die Bedeutung der technologischen Entwicklung in der BRD zu halten, und danach könnte es sein, daß du in Diskussionen festgehalten würdest.

Seine Augen waren blau und weit und strahlend, als hätte er die letzten Tage am Strand verbracht, mit viel Schlaf und Sport. Er war sogar leicht gebräunt. Er sah dich an, als gäbe es nur dich und ihn in diesem großen Speisesaal, und du merktest, wie wieder Unruhe in dir aufstieg, als wärst du eine Biene, die irgendwo Honig ahnte und sich unbedingt auf die Blüte setzen mußte. Dann schlug er vor, morgen zu deinem Zentrum zu kommen, das Thema interessiere ihn und auch, wie du aufträtest, das würde er gern erleben und auch, wie überhaupt diese Diskussionen in den Zentren abliefen.

Du wehrtest dich mit Händen und Füßen. Dies seltsame Etwas, das da in dir war und dich zu ihm trieb, konntest du offenbar nicht steuern, aber du konntest dich aus dem Wirkungskreis seiner Anziehungskraft entfernen. Er sollte dich nicht durcheinanderbringen, wenn du deine Aufgabe zu erfüllen hattest. Du brachtest Argumente vor: Das Zentrum ist furchtbar langweilig, da finden sowieso keine Diskussionen statt, da wird nur ein Statement nach dem andern abgegeben, und das, was ich sage, kannst du bei uns in jeder Broschüre zum Thema nachlesen, das ist doch nicht weltbewegend, du wirst dich bestimmt langweilen, du kannst dich nur langweilen, komm lieber nicht. Komm nicht, und überhaupt, wenn du kämst, wär' ich aufgeregt, das will ich nicht sein.

Er lächelte, lächelte, lächelte.

Er hätte dich schon verstanden, schließlich sei er auch in der Lage, nonverbale Signale zu begreifen. Er würde mal sehen...

Nachts noch rief Luiz an, und als rissest du beim Sturz durch die Luft am Seil, das den Fallschirm öffnet, verabredetest du dich mit ihm, für morgen mittag vor dem Zentrum, wo du deinen Diskussionsbeitrag halten solltest. Vielleicht käme er auch schon eher, auch er hätte seine Pflichten morgen früh, aber vielleicht wäre er vorzeitig frei. Bei seinem Erscheinen befürchtetest du keine Störung deiner Gelassenheit.

Du warst angemeldet zu reden. Bevor du dich setztest, kam einer der Organisatoren auf dich zu, ob es dir etwas ausmache, vielleicht erst am nächsten Tag zu sprechen, heute sei die Zahl der Diskussionswilligen so groß, du antwortetest mit Worten, ja, darauf könntest du dich einstellen, und mit einem schnellen erschrockenen Flattern der Hände und der Augenlider, daß eine solche Anforderung an deine Flexibilität dich Kraft kostete. Man dankte dir, du solltest dich trotzdem bereithalten, vielleicht verliefe auch alles plangemäß. Du hattest dich bald wieder gefaßt, was kümmerte es dich, ob heute oder morgen, du warst vorbereitet und tratest schließlich nicht zum ersten Mal auf. Ruhig und konzentriert folgtest du den Ausführungen der Redner, eine Dolmetscherin saß in deiner Nähe und übersetzte fließend. An diesem Morgen allerdings konntest du oft auf ihre Übersetzung verzichten, da viele englisch sprachen. Dein Englisch ist gut, du warst eine fleißige Schülerin gewesen, eifrig und wißbegierig. Lernen war für dich stets das, was ich mit Ausdehnung meiner Grenzen bezeichne, du hattest nicht Anstrengung gespürt, auch nicht eigentlich Lust, aber ein täglich neues Vergnügen, diesen Ort aufzusuchen, wo du etwas erfuhrst über andere Länder, fremde Tiere, das seltsame Innenleben eines Menschen, in dem alles ständig in Bewegung ist, aufeinander zu und voneinander weg, wo ununterbrochen Veränderung stattfindet, wo auch du dich ständig verändertest, beispielsweise indem du lerntest, deine Zunge ganz anders zu bewegen und deine Lippen, wo du ungestraft lispeln durftest, wenn du englisch sprachst. Mathematik war für dich wie ein Spiel mit Zahlen und Symbolen, und in Physik lerntest du, einen Lichtschalter zu reparieren. Du warst keine Musterschülerin der Kategorie, die von den Klassenkameraden abgelehnt werden. Die Freunde täglich zu sehen, war für dich vielleicht noch wichtiger, als Neues zu lernen. Lachen, toben, schwatzen und Streiche aushecken, das bereitete dir ebensoviel Vergnügen, wie deine Zunge in ungewohnter Weise zu rollen und schlingern zu lassen. Schule bedeutete für dich keine lästige Pflicht, Streß durch Leistungsdruck, diese Worte kanntest du nicht nur nicht, du hättest sie als lächerlich empfunden. Für dich begann der Ernst des Lebens nach der Schule. Älteste von drei Geschwistern, Eltern beide Fabrikarbeiter, Mutter dazu noch ungelernt, da lastete der Haushalt allein auf dir. Die Zeit für die Erledigung der Schulaufgaben mußtest du dir erkämpfen. Da lerntest du, listig zu sein und phantasievoll. Und nach Plan vorzugehen. Du warst noch sehr jung, als du das erste Mal einen Zeitplan für den Nachmittag erarbeitetest. Bald bezogst du deine kleinen Geschwister mit ein und stelltest ihnen als Belohnung eine Stunde Fernsehen in Aussicht. Das war die Stunde deiner Schulaufgaben. Deine guten Noten erstaunten deine Eltern mehr, als daß sie sie erfreuten. Sie erklärten sich nach einem Gespräch mit deinem Klassenlehrer auch schnell einverstanden, daß du die Realschule besuchen dürftest, sie hatten am eigenen Leib erfahren, daß eine mangelnde Schulbildung eine schlechte Voraussetzung für die Konkurrenz um den Arbeitsplatz ist, Gymnasium aber, dein großer Wunsch, lag außerhalb ihres Vorstellungsbereichs, ganz abgesehen davon, daß die Mutter nicht ihr Leben lang arbeiten wollte, damit du bis dreißig auf der faulen Haut liegen und immer nur in Büchern wühlen könntest. Dein Wissensdurst ist aber noch lange nicht gestillt. Du arbeitest sogar gern als Springerin, liebst es, dich schnell auf neue Arbeitssituationen einzustellen und auch immer wieder neue Menschen kennenzulernen. Wahrscheinlich war auch deine Lust, Neues zu entdecken und zu erfahren, der eigentliche Grund dafür, daß du schon in der Schule begannst, dich den Jungen von der SDAJ anzuschließen. Denn in deiner Schule waren nur Jungen in der SDAJ, die Mädchen waren nicht ernst zu nehmen, waren Anhängsel der Jungen. Deinen Eltern hast du erst vor kurzem davon erzählt, erst als du in die DKP eintratest. Deine Mutter rang die Hände, dein Vater knurrte und sprach einen Monat lang nicht mehr mit dir.

Drei Reihen hinter dir entdecktest du Luiz. Er strahlte dich an, winkte verlegen, du fordertest ihn mit den Händen auf, sich neben dich zu setzen, er schüttelte verneinend den Kopf. Da fiel dein Blick auf IHN. Er saß hinter dir. Du machtest die Augen zu und wieder auf. Er saß immer noch da. Er sah dich an, du sahst ihn. Du zwangst dich, deine Aufmerksamkeit wieder dem Podium zuzuwenden. Dein Herz begann zu rasen. Du standst auf, gingst zu Luiz, setztest dich neben ihn, begannst ein leises Gespräch, informiertest ihn, daß du wahrscheinlich gar nicht „auftreten" müßtest, daß ihr vielleicht schon eher verschwinden könntet, was er denn vorhätte, anschließend. Er wollte dich mitnehmen in den Club Uruguays, da würde heute gesungen und getanzt. Du warst einverstanden. Da hörtest du deinen Namen. Du wurdest aufgerufen als übernächste Rednerin. Wie von einem Hornissenschwarm aufgescheucht, huschtest du zu deinem Platz, die Hornissen verfolgten dich aber, um dich herum summte es, dein Körper war in Aufruhr. Du verstandst kein Wort von dem, was der junge Mann da vorn sagte, hektisch sammeltest du die Blätter zusammen, auf denen du deinen Diskussionsbeitrag notiert hattest, versichertest dich mit einem Blick der Anwesenheit einer Dolmetscherin, du versuchtest verzweifelt, die Gelassenheit wiederzufinden, die dich so zuverlässig begleitet hatte, als du das vorige Mal in diesem Raum gesprochen hattest. Du zogst die Schultern hoch, dein Hals erstarrte, als sei Zement in deine Wirbelsäule gegossen worden, du drehtest dich nicht einmal zu ihm um. Dein Herz raste, und du mußtest die Hände fest auf deine Knie stützen, damit sie nicht deine Arme vom Körper rissen und du dich in einen zuckenden Elendswurm verwandeltest. Da wurdest du aufgerufen. Du tratst vor das Mikrofon, deine zitternden Hände hielten kaum die beschriebenen Blätter, dein Kopf wackelte, ein unbezwingbares Zittern, dein Körper wurde geschüttelt, und dein Herz raste. Du vernahmst deine Stimme von irgendwoher im Saal, heftetest deine Augen auf die Schrift, die deine eigene war, schwiegst, als die Dolmetscherin sprach, versuchtest, irgendwohin im Raum zu blicken, überall hin, nur nicht auf den einen Punkt, und dachtest die ganze Zeit nur daran, daß du hier seinen Blicken völlig ausgeliefert warst. Was sah er? Ein graues Mäuschen, keine tolle Frau, das sich zudem jetzt noch in ein zitterndes Häufchen Elend verwandelt hatte. Warum war er gekommen? Was wollte er von dir? Warum ließ er dich nicht los, wo er doch eindeutig kundgetan hatte, daß er dich nicht wollte. Warum um alles in der Welt vermochte er diesen Aufruhr in dir zu entfachen? Und was dachte er nun von dir?

Du wurdest langsam ruhiger, sogar ungeduldig, als die Übersetzung zu lange dauerte, das Zittern deines Kopfes endete zwar nicht, aber du hattest keine Angst mehr vor einer Art epileptischem Anfall. Du sahst Luiz an, während die Dolmetscherin sprach, und lächeltest sogar ein wenig, du sahst den schönen Schwarzen aus Mozambique an, mit dem du dich schon unterhalten hattest, dein Blick wurde freier, es gab nur noch einen einzigen Punkt im Raum, der gleichsam mit einem Tabu belegt war. Du gingst zu deinem Platz zurück, dein Rücken wurde heiß unter seinem Blick, du drehtest dich nicht um... wer sich umdreht oder lacht, kriegt den Buckel blau gemacht... Du hattest deinen Schlag schon weg, dachtest du, und hättest beinah aufgeschluchzt, Klapsmühle, das wär' das Richtige jetzt für mich. Dein Herz setzte sich wieder in beschleunigte Bewegung, die Klapsmühle wurde in Schwung gesetzt durch das Bewußtsein von seiner Nähe. Du sammeltest deine Kraft, zwangst dich zur Ruhe, wandtest dich nach einiger Zeit lässig um, fragtest wie nebenbei, ob er dich anschließend begleiten wolle, du würdest mit einem Freund den Club Uruguays aufsuchen, da würde Rambazamba stattfinden, ob er nicht Lust habe…

Er lächelte dich an, dein Herz stockte nun einmal zur Abwechslung, so konnte er es doch nicht gemeint haben, du verstandst sicher nur falsch, warum sagten seine Augen, ich habe nur Lust auf dich und will dich nicht teilen… Nein, lächelte er und sah ein bißchen traurig aus, aber vor allem sehr zärtlich, ich geh' mit den anderen zum Hotel zurück. Kein Wort über deinen Diskussionsbeitrag. Kein Wort von dir, kein Wort von ihm. Du weißt bis heute nicht, was in seinem Kopf herumspukte.

Ich habe mir das vorgestellt, Susanne – deine Worte, deinen verlegenen Mund und deine Hände, die beim Erzählen wieder zu flattern anfingen – mit meinen eigenen Erfahrungen ausgeschmückt. Ich habe so etwas auch einmal erlebt. Eigentlich routiniert nach meinen vielen Lesungen, hatte auch ich das Gefühl, mich aufzulösen in viele einzelne Bestandteile, die in einem großen Feuer verbrannten, nur weil da einer war, der mich ansah. Ich weiß bis heute nicht, was der dachte. Du aber kannst ihn noch fragen, du siehst ihn doch am Wochenende. Ach, wir dummen Weiber!

Was machst du eigentlich mit deinem Freund, wenn ER am Wochenende kommt und den Rest vom Kuchen aufessen will? Du wirst sicher neuen backen, wie ich dich kenne, hattest bestimmt gar keinen im Ofen stehen, nur den Kuchen als Vorwand benutzt. Aber deinen Freund kannst du nicht ins Tiefkühlfach stellen und auftauen, wenn ER wieder fort ist.

Ich denke an Natascha, die Dolmetscherin im Haus des Schriftstellerverbandes, der mein Hafen war im Festivalmeer. Einmal führte sie mich in ein kleines Café. Nie hätte ich es allein gefunden, so versteckt wie es lag in einem verlotterten Hinterhof ohne Leuchtfassade und ohne Schildchen, die zum Verzehr leckerer Kleinigkeiten hätten einladen sollen. Sie ist noch jung, einundzwanzig Jahre. Eine alte Frau bin ich schon, lachte sie. Wir standen irgendwann zwischen Gerümpel in der Toreinfahrt vorm Café, denn drinnen war Rauchen verboten, ein junger Mann hatte sich an Natascha herangemacht, dreist und unverschämt, war von ihren kalten Augen und darauf von den Ellenbogen seiner Freundin oder Ehefrau fortgetrieben worden. So ist das mit unserer Frauenemanzipation, kommentierte Natascha das Geschehen, und ich fragte sie, was sie meine, seine Unverschämtheit oder die Handgreiflichkeit seiner Frau. Guck doch mal, wie energisch sie ist, antwortete Natascha, und dann redeten wir über Sexualität im sozialistischen Moskau. Natascha studiert, lebt bei ihren Eltern, ihr Freund, der erste und einzige und der, mit dem sie zusammenbleiben will, studiert und lebt auch bei den Eltern. Aber nun, meint er, könne das nicht mehr so weitergehen, nun sei es an der Zeit, zu heiraten und zusammenzuziehen. Aber sie zögere. In einem Jahr werde sie zu arbeiten beginnen, dann verdiene sie Geld, er aber habe noch ein langes Studium vor sich. Stell dir das vor, forderte sie mich auf, eine arbeitende Frau, die morgens früh aufsteht und abends müde heimkommt, und ein Mann, der das freie Studentenleben genießt. Und dann verdiene ich das Geld, und er hat so gut wie nichts. Alles wäre dann verkehrt. Er sagt immer, die Eltern werden uns doch weiter unterstützen. Ich möchte aber wirklich auf eigenen Füßen stehen, wenn ich verheiratet bin, und nicht auf die Hilfe der Eltern angewiesen sein. Und wir würden auch weiterhin bei den Eltern wohnen, nur, er sagt, es gehöre sich, daß ein junges Paar zu den Eltern des Mannes ziehe. Ich habe aber keine Lust darauf, bei seinen Eltern zu wohnen. Ich mag sie, doch ich fürchte, mich dort nicht zu Hause, mich immer als Gast zu fühlen.

Dann laß es doch, gab ich zur Antwort, du bist noch so jung, wenn es jetzt gut für dich ist, warum sollst du es ändern, warum wartet ihr nicht mit dem Heiraten, bis ihr eine Form des Zusammenlebens verwirklichen könnt, die euch beiden gefällt.

Sie sog an der Zigarette, pustete den gräulich-weißen Dunst aus wie eine, die eigentlich nicht raucht. Es begann heftig zu regnen, die Wolken hatten offenbar über die Chemie gesiegt, unsere nackten Füße froren. Und ich habe keinen Schirm eingesteckt, murmelte sie, weil ich dachte, die Wolken sind alle weg. Wir entschlossen uns, wieder hineinzugehen ins Café. Da sagte sie: Ich kann es nicht einfach so weiterlaufen lassen wie bisher. Er sagt, so geht es nicht mehr weiter, er will heiraten.

War euer Zusammenleben auch für die Ewigkeit gedacht? Er ist ein guter Freund, mein Freund, erklärtest du mir. Ihr kennt euch schon sehr lange, da ist Vertrautheit und Vertrauen. Und nach Verliebtheit verlangte es dich ohnehin nicht. Aber jetzt hast du sie auf dem Hals, und dazu noch zu einem, von dem du gar nicht weißt, ob er dich will. Jetzt hast du ein brennendes Herz, obwohl du den Ausdruck auch jetzt noch als Kitsch von dir weist. Kitsch und diesen ganzen sentimentalen Liebeskram konntest du noch nie gut leiden, sahst über deine Mutter hinweg, wenn sie mit verglasten Augen über ihren Groschenromanen saß, die ausnahmslos von verliebten Frauen handelten. Am Schluß seufzte sie tief auf, da hatte das glückliche Ende auf sie abgefärbt, und sie wandte sich mit ihren spröden Händen und den kargen Worten wieder der Hausarbeit und den Kindern zu.

Um mich herum gibt es nur verwirrte Beziehungen. In der letzten Zeit wurde ich oft zornig über die Frauen, für die es zum Spiel zu werden scheint, eine „Liebesbeziehung" zum Mann einer andern zu beginnen. Nach und nach wird alles brüchig, was einst mit Herzklopfen begonnen hatte, und ich habe mir angewöhnt, die Mundwinkel herunterzuziehen, wenn ich höre, wie die und die wieder mit dem und dem, dem von der und der, etwas angefangen hat und nun alle glücklich leiden. Als müsse in ein Leben voll Stillstand und Ohnmacht die Bewegung des Nachts und die Macht über die andern gesetzt werden. Wo die Arbeit unbefriedigend ist oder gar ausbleibt, wo der Kampf nur immer an Mauern stößt, setzt frau Leben ins Leben durch den Mann. Und die Aufregung wird potenziert durch den Mann der anderen.

Ich frage mich, ob ich überhaupt noch zu urteilen vermag über die frühen Eheschließungen in der Sowjetunion, über die Probleme von Natascha und ihrem Freund, wo ich in einer Gesellschaft lebe, in der von Liebe kaum mehr gesprochen wird, wo sogar das Vokabular Warencharakter ausdrückt: Beziehungen, in eine Beziehung investieren, sich auseinandersetzen statt zusammen, an sich und der Beziehung arbeiten und so weiter. Und wer von Liebe, Nähe und Wärme spricht, wird klebriger Gefühlsduselei und der Suche nach überholten Lebensformen verdächtigt.

Und es bleibt ja nicht einmal stehen dabei, daß alle sich vorsichtig auf Abstand halten. Es geht weiter.

Kürzlich erzählte mir eine Freundin, ein mit ihr befreundeter Psychotherapeut sei mit ihr in ein Liebesschlößchen gefahren, das sich als Bumsschlößchen entpuppte. Ein Schlößchen allerdings mit allem Komfort, von einem Wassergraben umgeben, und der Eintrittspreis war erschwinglich. Das Buffet üppig und alles sauber und einwandfrei hygienisch. Die vorgeschriebene Uniform war Nacktheit bis auf die modernen Variationen von Feigenblättern und auch ansonsten eine gepflegte Illusion von Paradies. Nur daß es überbevölkert war in den Räumen, in denen betrieben wurde, was auch „es treiben" genannt wird, und auch in den schummrig engen Fluren davor, wo Bullaugen einen Einblick in die Zimmer erlaubten und es auch wirklich einzublicken gab. Auf Frauen, die wie Hühner auf der Stange gerammelt wurden, auf die wechselnden Benutzer eines gynäkologischen, nun allerdings zweckentfremdeten Stuhls, auf Beine und Arme und Köpfe und Zungen und Geschlechtsteile wild durcheinander. Und das voyeuristische Vergnügen würzte eine Hand hier und da, deren Besitzer im dunklen Dichten nicht unbedingt ausgemacht werden mußte. Der Psychologe verübelte meiner Freundin ein wenig, daß sie sich vor allem am Buffet aufhielt. Sie erwies sich dadurch als Spielverderberin. Er wagte sich nicht an eine der Frauen heran, da er dem Mann keine Frau zum Tausch anbieten konnte. Schließlich war die Teilnahmebedingung, paarweise zu erscheinen. Meine Freundin kannte auch den für diese Art „Beziehungen" üblichen Namen und wußte zu berichten, daß es sich bereits um eine Bewegung handle.

Meinem Widerwillen setzte sie den alten Satz „Make love – not war" in veränderter Form entgegen: „Es ist vielleicht besser, die Leute bumsen alle miteinander, als daß sie Kriegsspiele betreiben."

Guten Morgen, Susanne, sei gegrüßt an meinem Frühstückstisch. Hast du schon gelesen, der Papst ermahnt die Afrikaner zur Einhaltung der Ehe mit all ihren Vorschriften. „Seid fruchtbar und mehret euch!" Ich seh' dich beiläufig grinsen, der hat ja wohl eine Ecke ab. Dann läßt du dich aber doch anstecken von meiner Empörung. Wir erinnern uns an dein Freundschaftstreffen mit dem ANC. Unser Lachen über den Eunuchen, der aus Neid auf die, die nicht nur wissen, wie es geht, sondern es auch tun, versucht, ihnen Steine ins Bett zu legen, weicht zornigen Bemerkungen. Wir malen uns die Situation aus, in der er seine verlogenen Sprüche von sich gibt. Sein Bett mit weißen Laken, die nach heißem Bügeln duften und sofort gewechselt werden, wenn sie den Altmännergeruch ihres Benutzers annehmen, ein Frühstück morgens mit frischen Brötchen und Milchkaffee. Dann läßt dieser Oberschauspieler – wahrscheinlich ist er nicht mal ein Eunuch und unsere Vorstellung selbst hier viel zu naiv –, er läßt also drei Stückchen Zucker hineinklicken, und wahrscheinlich bekleckert er seine Brötchen auch noch mit selbstgemacher Marmelade, die ihm irgendeine fromme Frau geschenkt hat, und dann wird er Zeitung lesen, und rund um ihn herum sind Bücher, Bücher, Bücher, weil er nämlich unersättlich ist – wahrscheinlicher: Er liest überhaupt nicht oder nur Kirchenbroschüren oder läßt auch die lesen. Wir stellen uns vor, daß er in sein Arbeitszimmer geht, über den weichen Teppich, von dem alle Staubfüsselchen schon frühmorgens von einer frommen Frau entfernt worden sind, wie auch der Staub auf dem pompösen, wuchtigen, überaus wertvollen Schreibtisch. Ein Sekretär mit leicht gebeugtem Rücken erscheint und teilt ihm mit bedauernd säuerlicher Miene mit, daß die Afrikaner in Afrika sich leider weigerten, Waren von weißen Krämern zu kaufen. Was natürlich bedauerlicherweise erhebliche Umsatzeinbußen für die weißen Kaufleute zur Folge habe. Diese Schwarzen scheinen sich nicht schrecken zu lassen von der Angst, zu verhungern oder verprügelt oder gefoltert oder getötet zu werden. Da man nun einmal in Afrika sei, müsse man wohl irgendwie Stellung beziehen. Die weißen Kaufleute im übrigen ...

Susanne, ich fürchte, wir haben Milchmädchenbilder produziert, alles geht wahrscheinlich sachlicher, geschäftsmäßiger, kälter zu, und das Wörtchen „leider" ist nur der Punkt auf unserem falschen i. Wir aber phantasieren uns in Wut.

Es tut nichts zur Sache, daß er grad in Afrika ist. Sein Bett, sein Frühstück sind für ihn bereitet, alles ist sauber, wohin er kommt. Nun, sagt er satt und frohgemut, dann wollen wir die lieben afrikanischen Kinder unseres allgewaltigen Herrn wieder an die wesentlichen Werte des Lebens erinnern. Schwöret ab dem Streben nach Konsum! Lebet in Großfamilien! Liebet eure Kinder! Liebet eure Frauen und Männer, die angetrauten, und mehret euch! (Und wenn die große Familie und die vielen Kinder absolut die kleine Hütte sprengen und euch schon zu viele Kinder verhungert sind, liebet euch halt nur noch an den nicht gefährlichen Tagen des Zyklus – jahaha, da muß man rechnen können, nicht wahr, aber ihr seid doch intelligente Menschen. Gebt ihr zumindest vor, nun zeigt es auch!)

Uns ist kalt geworden vor Zorn, und wir denken gar nicht daran, einer könne uns die Vorstellungskraft Klein Ernas vorwerfen. Deine Augen haben so etwas glühend Schwarzes auf Weiß angenommen, weißt du noch, glühende Kohle auf weißem Lack. Mitleidenschaftlich, übersetzte Natascha einmal, als es um das Mitleiden ging. Angesichts deiner Augen, Susanne, kommt mir das Wort wieder in den Sinn. Solche Augen hattest du schon einmal. Als du mir von Luiz erzähltest.

Ihr wart in den Club Uruguays gefahren. Euer Mittagessen bestand aus drei Eis, das erste erstanden vor dem Einstieg in die Metro, und prompt wurdet ihr von der alten uniformierten Frau am Eingang zurückgehalten. Lachend und gestikulierend machte sie euch klar, daß mit Eis die heiligen Hallen nicht betreten werden dürften. Du verzogst deine Mundwinkel spöttisch, in dieser kalten, abweisenden Art, wo alles an dir abprallt. Luiz ergriff deinen Ellenbogen und führte dich sachte hinaus in die warme Luft, wo ihr keinen Platz fandet, um euch niederzulassen. Also spaziertet ihr im Kreis um die Metrostation. Du nanntest es Sauberkeitsfimmel, und die alten unförmigen Frauen, die überall und ständig mit ihren Strohbesen und den kleinen Schäufelchen den Staub in den Metrostationen aufkehrten, stießen dich eher ab. Luiz war anderer Meinung. Er verstand den Stolz der Moskauer auf ihre marmornen Metrohallen, schließlich stellten sie Denkmäler der Machtübernahme derjenigen dar, die sie auch gebaut hatten. Bedenk doch, sagte er eindringlich und faßte dich an die Schulter, bedenk doch, immer waren die Arbeiter nur die Werkzeuge, um den Herren Paläste oder Denkmäler zu errichten. Mit der Metro haben sie sich selbst ihr Denkmal geschaffen. Daß sie wollen, daß es auch in aller Schönheit erhalten bleibt, ist doch verständlich.

Die Diskussionen dreimal täglich um die Essenstische herum über alles, was nicht in Ordnung war, die nicht korrekt übersetzten Diskussionen, wo aus Abrüstung in Ost und West nur Abrüstung in West wurde, die Kritik an den Einlaßkontrollen hier und da, am übermäßigen Polizeiaufgebot, an der erzwungenen Disziplin auf Musikveranstaltungen, wo die, die sich hinstellten, um sich zur Musik zu bewegen, von Ordnern wieder auf ihre Plätze gedrückt wurden, waren dir nach den wenigen Tagen vertraut. Luiz konfrontierte dich nun mit einem völlig anderen Blick aufs Festival. Er war überwältigt von der Gastfreundschaft der Moskauer, die sich an der Mühe zeigte, die sie für alles aufwandten. Da wurden die Polizisten zu den tausend Helfern in einer fremden Stadt. Da wurde die Organisation zur planmäßigen Anstrengung, den Festivalteilnehmern möglichst viel abzunehmen, damit sie sich unbeschwert in den Festivaltrubel werfen könnten, da wurde aus der Reglementierung durch Ordner, die das Anzünden von Feuerzeugen und das Aufstehen verhinderten, der Schutz des einzelnen vor Brandgefahr. Luiz hielt auch das Alkoholverbot für richtig, er hatte von früheren Festivals gehört, wo die Ideen von Frieden und Freundschaft im Alkohol zu ersaufen drohten. Ein Freund hatte ihm zum Beispiel vom Weltfestival in Havanna erzählt, daß dort die Westdeutschen – Luiz warf dir einen erschrokkenen Blick zu, lächelte verlegen und wollte nicht weiterreden. Er nahm deine rechte Hand zwischen seine Hände, deren trockene Wärme dir guttat, und sagte dir, daß du wunderschöne Augen hättest. Du lachtest sein Erschrecken weg, wolltest wissen, was die Westdeutschen denn nun in Havanna veranstaltet hätten. Du bestandst darauf, daß er fortführe in seiner Rede. Du schicktest dein Lachen, das so hoch und hart beginnt und tief wie ein Schluchzer endet, in seine bewundernden Augen und gabst kühl von dir, er solle nicht annehmen, daß du dich für alles verantwortlich fühlest, was irgendwelche Westdeutschen täten. Dann wäre dir schon lange kein anderer Ausweg als Selbstmord geblieben. In Havanna hätten die Westdeutschen den von Cubanern aus Fässern ausgeschenkten Rum nicht in Gläsern, nein, gleich in Flaschen abgeholt und getrunken. Da hätte sich eine Gier auf Alkohol gezeigt, die zu leeren Sälen bei morgendlichen Diskussionsveranstaltungen geführt hätte. Nein, er sei damit einverstanden, daß die Sowjets das Treffen der Jugend der Welt wie ein Forum organisierten, wo über Meinungsverschiedenheiten hinweg – oder auch nicht hinweg – das Gespräch gesucht werden sollte – und nicht übers Wodkaglas Kumpanei geprobt.

Luiz wies dich auf ein anderes Beispiel für die liebevolle gastliche Aufnahme der Festivalteilnehmer durch die Moskauer hin, über das du bislang überhaupt nicht nachgedacht hattest: das Essen.

Dreimal täglich mindestens drei Gänge und immer saubere Tischdecken und sogar Servietten aus Stoff. Welche Mühe sie sich machten mit allem, welche Arbeit, welch Aufgebot an Menschen, die sich um das Wohl der Festivalteilnehmer kümmerten.

Du warst beschämt. Wirst später deine Beschämung an IHN weitergeben bei eurem „Kneipenbummel" durchs Hotel, wenn er dir einen Vortrag hält über das Fließen im menschlichen Organismus, das Beispiel für den gesellschaftlichen Organismus sein sollte und in der Sowjetunion nicht anzutreffen sei.

Im Club der Uruguayer allerdings war von starrer Organisation keine Spur. Es war brechend voll, Luiz legte seinen Arm um dich und schob dich durch die Menge, bis ihr in einen Saal kamt, in dem gesungen und getrommelt und getanzt wurde. Es gab keine professionellen Sänger, die den anderen die Musik besorgten, das Programm wurde von allen erstellt, auch Luiz ergriff einmal die Gitarre und sang ein schmelzendes Liebeslied, wobei er nur dich ansah. Du wurdest rot, deine Haarsträhne in der Stirn wiegte sich leicht im Takt mit, und du hattest eine heiße Sehnsucht im Bauch. Du schämtest dich auch wegen dieser Sehnsucht, die von Luiz wegführte zu IHM, den du allein mit den anderen hattest gehen lassen, dessen Arm auf deinen Schultern du dir wünschtest und den du gern herbeigezaubert hättest, daß er dir dort an Luiz' Stelle ein Liebeslied gesungen und dich so angesehen hätte. Luiz verbarg seine Gefühle für dich nicht, demonstrierte keine Distanz vor seinen Kameraden, die ihn anlachten, auch nicht vor den Frauen, die ihn begrüßten mit einer leichten Berührung am Arm und einem „Ola, Luiz!" Du hieltest dich mit einem schüchternen Lächeln neben ihm auf, verlegen über die Selbstverständlichkeit, mit der euch alle als Paar empfingen, verlegen auch angesichts der Schönheit und strahlenden Fröhlichkeit der Frauen. Luiz stellte dich einigen vor, erzählte von ihnen, und deine Verlegenheit wuchs. Diese

Frauen, die so jung und unbeschwert wirkten, hatten ein hartes Leben hinter sich. Wenn wir die Jahre Gefängnis, die in diesem Raum versammelt sind, zusammenzählten..., lachte Luiz, als du erschrocken nachgefragt hattest: Gefängnis? bei einer Frau, die dir vertraulich zugeflüstert hatte: von so was habe sie im Gefängnis immer geträumt, einmal in ihrem Leben hätte sie in Moskau sein wollen und einmal auf einem Fest der Jugend aus der ganzen Welt, und nun erlebe sie beides auf einmal.

Später, auf der Bank vor dem Ismailowa D, dein Komplex des Hotels, in den nur du allein hineingehen darfst, weil du für Luiz keine Aufenthaltsgenehmigung besorgt hast, wird er dir von seiner Gefängniszeit erzählen, jetzt aber tanzt er mit dir. Manchmal zieht er dich näher an sich heran, als dir lieb ist, und du drückst ihn sacht und mit deinem lieben ironischen Lächeln auf Abstand. Du willst nicht, daß er sich Hoffnungen macht. Du wirst nicht seine Festivalliebe werden, dessen bist du dir sicher. So viel Verwirrung auf einmal verkraftest du nicht. Du genießt den Abend trotzdem, auch Luiz' Nähe. Du genießt es, daß dir dieser dunkelhaarige Mann mit dem strengen Gesichtsschnitt und den romantischen Augen unter den langen rundgebogenen Wimpern so viel Wärme entgegenbringt, deine Nähe unverhohlen sucht und dich offensichtlich begehrt, obwohl du nicht verstehst, wieso. Immer ist da aber der andere, auch wenn du völlig aufgehst im Augenblick, wie jetzt beim Tanz in dem vollen Raum nach den heißen Rhythmen mit Luiz, der es auf geheimnisvolle Weise fertigbringt, euch Platz zu schaffen, ohne irgendwo anzustoßen oder irgendwen fortzudrängen, auch jetzt denkt irgend etwas in dir immer noch an IHN. Seine Distanz, sein Zögern, sogar seine Ablehnung begreifst du besser als Luiz' fragloses Zudirstreben. Luiz' Komplimente kommentierst du mit ironischen Mundwinkeln und dem Wippen deiner Haarsträhne. Als er dir sagt, wie schön es mit dir sei, wie sehr es ihm gefalle, mit dir zu tanzen, bewegst du dich eine Weile stocksteif zwischen all den anmutigen Tänzern und Tänzerinnen um dich herum. Dann lockert sich deine Spannung, du läßt dich erwärmen von Luiz' Augen, seinen Händen, seiner Stimme, und du tanzt einfach, wie es deinem Körper in den Sinn kommt. Du lachst immer häufiger tief schluchzend, aus deinem Gesicht ist jede Nüchternheit gewichen, weich siehst du aus, hingegeben an den Augenblick, und sehr jung.

Ihr fuhrt mit den andern im Bus zum Roten Platz. Luiz legte seinen Arm um dich, und es war, als hätte dir plötzlich einer einen Schlag in den Bauch verpaßt. Luiz' Arme waren nicht das, was du wolltest. Du wolltest die Arme des anderen, und du kamst dir untreu vor. Nicht untreu deinem Freund zu Hause, untreu dem, der heute eigens dorthin gekommen war, wo du reden solltest, den es doch auch zu dir treiben müßte, der vielleicht heute die Distanz hätte fallenlassen können, und nun saßest du hier im Bus, gehalten von den Armen eines anderen.

Du machtest dich ganz klein, aber nicht wie in seinen Armen, um dich bis zur Verschmelzung anschmiegen zu können, sondern um zu entwischen. So klein, daß du unerreichbar würdest für Berührung. Luiz streichelte mit seiner Wange dein Haar, und dir stieg schmerzlich die Erinnerung daran auf, daß auch ER, als ihr im Bus so gesessen hattet, manchmal mit dem Gesicht über deine Haare gestrichen war. Warum war es dir da nicht bewußt geworden? Es hatte Zärtlichkeit gegeben in seiner

Umarmung. Und du hattest sie aus deiner Wahrnehmung verdrängt und nur noch die Ablehnung gesehen. Oder sehen wollen.

Ist es vielleicht so, fragte ich dich, daß du in deinem Kopf seine Ablehnung vergrößerst und deine Annäherung auch, weil du dich so schützt? Weil es viel schöner ist, Wärme und Liebe und Zärtlichkeit zu empfinden und zu zeigen als Ablehnung und Distanz. Hast du vielleicht dich und auch ihn hineinmanövriert in Rollen, die dir den größten Schutz und die größte Gefühlsstärke garantieren?
Du wußtest keine Antwort, aber nachträglich fiel dir ein, was du bei ihm, neben der großen Kühle, nicht wahrgenommen, manchmal sogar abgeblockt hattest. So erzähltest du mir auch erst einige Tage später, daß er dich bei seinem ersten Anruf kurz nach dem Festival zu sich eingeladen hatte, es dir sogar schmackhaft zu machen versuchte: Du könntest dich ein Wochenende bei ihm ausruhen, die Gegend sei sehr schön, ihr könntet spazierengehen oder schwimmen. Außerdem, meine Liebe, es muß doch einen Grund dafür geben, daß du mir nur von seiner Distanz und von Banalitäten erzähltest und erst jetzt mit Wichtigem herausrückst. Außerdem hatte er sich sofort nach seiner – nach eurer – Rückkehr Gedichte von Pablo Neruda und das Kommunistische Manifest besorgt. Er wollte dir auf die Spur kommen.

Vom Roten Platz berichtetest du mir, was sogar in Artikeln nach dem Festival bei uns zu lesen sein wird, geschrieben von Delegierten, denen im allgemeinen die Kritik an der Sowjetunion und der „Berlin-Eklat" wichtiger waren, als Positives herauszustellen. Trauben von

Menschen füllten den riesigen Platz bis zum Überquellen, und überall wurde diskutiert. Immer fand sich auf die schnelle einer, der Englisch sprach und dolmetschen konnte. Und die sowjetischen Jugendlichen erwiesen sich als außerordentlich gut informiert über die politische Situation in anderen Ländern. Du verstecktest dich ein wenig hinter Luiz, nahmst bewußt die stumme Frauenrolle ein, und es war dir noch nicht einmal unangenehm. Am liebsten hättest du deinen Mund überhaupt nie wieder geöffnet, um irgendwelche Worte über Politik herauszubringen. Am liebsten wärst du sofort zum Hotel gefahren, in SEIN Zimmer gestürmt und hättest ihn geschüttelt und gesagt: Da bin ich, und nun nimm mich endlich an.

Auch Luiz hatte nicht viel Lust auf Diskussionen, ihr stromertet noch eine kurze Zeit herum, faßtet euch an den Händen und fuhrt dann mit der Metro zum Hotel zurück.

Ich will dir auch auf die Spur kommen. Dafür lese ich aber nicht das Kommunistische Manifest, eher schon Neruda. Neulich sah ich im Fernsehen einen Film über ihn und seinen Postboten. Ich war bezaubert von der schüchternen Anmut dieses Schauspielers, der Neruda liebevoll darstellte. Wie er zu dem Beatles-Song „Hey, Mr. Postman", der Hymne aller Briefträger der Welt, und vor den bewundernden Augen seines Briefträger-Freundes tanzte – das trug die Poesie der Gedichte Nerudas.

    todo tu cuerpo como una mano abierta
    (dein ganzer Körper wie eine offene Hand), ...

Dein Körper war verschlossen, als du mit Luiz auf der Bank vorm Hotel saßest, ballte sich aber immer mehr zur spannungsgeladenen Faust, während Luiz von sich erzählte. Er machte dich vertraut mit der Geschichte Uruguays, mit den elf Jahren des Faschismus, die er im Untergrund verlebt hatte.

Seine Eltern sind nicht arm, trotzdem verschloß er nicht die Augen vor den Ungerechtigkeiten um sich herum. Er konnte eine Schule besuchen, aber er sah, daß das ein Privileg war. Er hatte einen Freund, dessen Vater in einer Fabrik arbeitete, dessen Mutter auf der Straße und dem Markt Handgewebtes verkaufte. Er suchte seinen Freund in dessen ärmlicher Behausung auf, obwohl seine Eltern es ihm untersagten. Er bewunderte die scharfe Intelligenz seines Freundes, seine schnelle Auffassungsgabe, seinen kritischen Verstand. Er sah auch, gegen welch große Widerstände sein Freund sich durchsetzen mußte, um seinen Wunsch, Arzt zu werden, zu verwirklichen. Der von den kleinsten Steinen geräumte Weg seines eigenen Lebens in eine gesicherte Zukunft beschämte ihn und auch die ritualisierte Vornehmheit, hinter der die Bekannten seiner Eltern ihre Leere verbargen. Der Vater seines Freundes war Kommunist, ein kleiner magerer Mann, der nur wenig sprach, aber eine unerschöpfliche Geduld beim Zuhören bewies. Danach sagte er wenige Worte, von denen Luiz lange zehrte, die er immer wieder hervorholte, um sie zu drehen und zu wenden, deren Geschmack er erprobte, indem er sie lange durchkaute, deren Geruch nach Wärme und Kälte zugleich er sich allmählich vertraut machte. Sie waren aufrüttelnd und tröstend, die wenigen Worte des kleinen stillen Mannes. Sie verliehen persönlichem Leiden in der Schule, im Elternhaus, unter den Freunden eine neue Dimension. Die Leiden des jungen Luiz aus bürgerlichem Elternhaus und die Leiden seines Freundes, die ganz andere waren, wurden durch den Vater zusammengeschmolzen zu einem Sinn, der über die beiden Jungen hinausging. Ihre Leiden wurden so gleichsam aufgehoben in einem großen Ganzen, das die anderen ebenso betraf wie die zwei Freunde. Das war tröstlich. Den Trost begleitete aber wie sein Schatten eine Beunruhigung, denn in dem Maße, wie die Leiden ihren individuellen Charakter verloren, wurden sie ihrer schicksalhaften Unabänderlichkeit beraubt. Was aber sollte einer wie Luiz tun? Eines Tages überreichte ihm der Vater seines Freundes „El manifesto del partido comunista", die spanische Ausgabe des heißen Büchleins, das sich jetzt auch der angeschafft hat, den du bei Luiz' Worten vor dem Hotel erstmalig an diesem Tag aus den Sinnen verlorst. Luiz las, verstand kaum etwas, aber als er das Buch zuklappte, hatte er seine neue Familie gewählt. Ich bin Kommunist, teilte er noch am gleichen Tag seinem Freund mit und erfuhr die erste Kränkung durch den, von dem er erwartet hatte, er würde ihn begeistert und brüderlich in seine Arme schließen. Sein Freund lächelte nicht einmal, er überhörte Luiz' dramatische Ankündigung und forderte ihn auf zu verschwinden, da er selbst statt seiner Mutter sich in das Getümmel der Straßen werfen müsse, um „Kram" zu verkaufen. Seiner Mutter gehe es sehr schlecht, sie liege im Bett. Luiz wollte seinen Freund begleiten, er drängte sich geradezu auf, wurde aber abgewiesen. So etwas sei nichts für ihn.

Nun, schloß Luiz abrupt, entschuldige, ich wollte dich nicht belästigen mit meinem Geschwätz, du bist müde, geh schlafen, mi querida.

Du fragtest mich am nächsten Tag, was mi querida heiße, und ich sagte: meine Liebe, aber es kann auch bedeuten: die, die ich will. Da sahst du sehr traurig aus, traurig und müde. Ihr hattet bis spät in die Nacht auf der Bank gesessen, er hatte sich ausgestreckt, seinen Kopf in deinen Schoß gelegt und auf dein Drängen hin weitererzählt.

Auf der Universität schloß sich Luiz der Studentenorganisation an, in der sein Freund sehr schnell zu den Führenden gehörte. Luiz war zwar besser gekleidet, besser ernährt und durch regelmäßigen Sport trainierter als er, aber sein Freund besaß etwas Leuchtendes, eine Vitalität und Ausstrahlungskraft, die die schäbigen Hemden vergessen machte. Mi amigo besaß mehr Eleganz und Anmut als wir anderen alle zusammen, sagte Luiz zärtlich. Er legte seinen Arm um deine Taille, schmiegte seinen Kopf an deinen Bauch und murmelte, wie gut du riechst. Es schien dir ungehörig, ihn fortzustoßen, er hatte einen so weiten Weg hinter sich zu diesem Festival, daß er Ausruhen verdiente. Aber dein Körper war nicht wie eine geöffnete Hand. Du fragtest sachlich und mit einer Stimme wie glattes weißes Papier, was aus seinem Freund geworden sei.

Arzt, wie er es gewollt hat, Arzt. Vor wenigen Monaten hat er seine Studien beendet. Er hatte sie elf Jahre unterbrochen. Gleich zu Beginn des Faschismus war er wegen der Vorbereitung studentischer Protestveranstaltungen ins Gefängnis gekommen, damals allerdings noch keine achtzehn Jahre alt. Obwohl gesetzlich verboten, hatten sie den Siebzehnjährigen drei Monate gefangengehalten. Aber was scherten die schon Gesetze. Entlassen, wurde er einige Zeit versteckt und gepflegt. Ich habe meine Eltern gezwungen, ihn bei uns aufzunehmen, lachte Luiz stolz. Wie gezwungen?

Ich habe sie vor die Alternative gestellt: Entweder ihr

nehmt meinen Freund auf, gewährt ihm eure Gastfreundschaft mit allem, was dazugehört, also auch mit medizinischer Versorgung, oder ich verlasse auf der Stelle das Haus und schließe mich dem Widerstand an. Sie haben ihn aufgenommen, er war zerschunden von den Foltern. Die hatten keine Rücksicht auf seine Jugend genommen.

Folter? fragtest du. Er ist gefoltert worden?

Alle sind gefoltert worden, die im Gefängnis waren. Es klang beiläufig, wie Luiz das sagte.

Bist du auch? fragtest du schüchtern.

Ja. Kurz nachdem sein Freund genesen und verschwunden war, hatten sie Luiz selbst geholt. Im Morgengrauen, und als seine Mutter sich schützend vor ihn stellte, stieß ihr einer sein Knie in den Leib, daß sie stürzte. Du fragtest ihn, ob er keine Angst gehabt habe.

Sicher. Große Angst sogar.

Und du bist auch gefoltert worden?

Wir sind alle gefoltert worden.

Seine Stimme hatte nichts von ihrer Wärme und Leichtigkeit verloren, aber du spürtest in deinem Schoß eine Verhärtung seines Kopfes, als läge ein harter kalter Stein dort. Du legtest hilflos eine Hand auf seine Brust, er nahm sie hoch und küßte sie.

Als er aus dem Gefängnis kam, suchte er seine Familie nicht wieder auf, er wollte sie nicht gefährden. Er ging den gleichen Weg wie sein Freund. Fort von seiner Familie, auch fort von den Freunden. Er veränderte sein Äußeres, lebte mal hier, mal dort, kroch unter, aber immer nur für kurze Zeit, um niemanden zu gefährden, und beteiligte sich an der Organisierung des Widerstandes. Er führte seine Studien nicht fort...

Was studierst du eigentlich?

Kunst. Er lachte leise, ich male. Das entspricht meiner Herkunft. Aber was ich male, suche ich mir selber aus. Dich würde ich gerne malen. Dann nähme ich dich mit nach Hause. Zumindest dein Bild. Seine Hand tastete deinen Rücken hoch. Du erstarrtest. Er legte seine Hand vorsichtig wieder um deine Hüfte.

Im Laufe der Jahre wuchs der Widerstand, vor dem Faschismus hatte es schon ein breites Bündnis gegeben, das sich nun ausdehnte. Im „frente amplio", sagte er, davon hast du wahrscheinlich schon gehört, schlossen sich alle fortschrittlichen Kräfte gegen die faschistischen Machthaber zusammen. Die Verfolgung wurde immer schärfer, die Folter immer raffinierter, immer mehr alte Kämpfer wurden eingesperrt oder verschwanden, ohne daß sie jemals wiedergefunden wurden, immer mehr Junge kamen hinzu, schließlich lastete immer mehr Verantwortung auf den Jungen. So bin ich ein Mann geworden, sagte Luiz leise, aber Liebe hat es nicht gegeben. Immer auf dem Sprung, immer neue Aufgaben, da war für Liebe kein Platz. Aber nun, lächelte er, nun ist alles anders. Noch sind wir nicht da, wo wir hinwollen, wir machen uns keine Illusionen über die bürgerliche Demokratie, aber ich studiere wieder. Und für die Liebe gibt es Raum.

Er richtete sich auf, nahm dich in die Arme, sehr vorsichtig, und auch sein Kuß war vorsichtig. Seine Lippen allerdings brannten.

Du verabschiedetest dich schnell.

Dein Körper hatte sich geballt und leicht geöffnet. Aber er war keine geöffnete Hand.

Wie seltsam, Susanne. Auch ich habe eine Frau aus Uruguay kennengelernt. Ich sollte dolmetschen bei einem Interview. Es kam nur mit Mühe zustande. Morgens rief mich Angela, die das Interview machen sollte, an, als ich noch fast schlief. Wir verabredeten uns für vormittags um zehn Uhr, ich allerdings verstand, für den kommenden Tag. Zufällig hielt ich mich im Hotelzimmer auf, verbrachte den Vormittag neben dem Telefon, weil ich auf der Suche nach der Kiste mit meinen Büchern war, die unauffindbar irgendwo in Moskau herumschwirrte. Da rief mich Angela an, sie warte auf mich. Wir gingen zum Hotel der Uruguayer, Ismailowo plus irgendein Buchstabe. Angela wurde erwartet, allerdings nicht von der Uruguayerin, mit der sie sprechen wollte, sondern von einem erzürnten jungen Mann. Sie hatten mit Angela am vorigen Abend um zehn Uhr gerechnet, wo sie denn geblieben sei. Ein Mißverständnis. Wir vertagten die Unterhaltung auf mittags um zwei, da würden alle zurück sein zum Essen, also auch die Frau. Mittags um zwei fand ich mich wie verabredet vor Ismailowo plus irgendein Buchstabe ein. Angela war nicht da. Ich betrachtete eine Weile das bunte Bild einer indischen Delegation, die ihre Busse aufsuchte, wurde unruhiger. Vielleicht hatte sich noch wieder etwas verändert, vielleicht konnte die Uruguayerin Englisch sprechen, und ich war also nicht notwendig. Ich spazierte zu dem kleinen See vorm Hotel, setzte mich ins Gras, rauchte eine Zigarette und sah einem Angler zu. Dann suchte ich vergeblich ein vierblättriges Kleeblatt und schlenderte zum Hotel zurück, um weiter der obskuren Bücherkiste nachzuspüren. Da kam Angela an, völlig aufgelöst, wo ich denn gesteckt hätte. Wir gingen zum Ismailowo plus irgendein Buchstabe – ich hatte vor dem falschen Buchstaben gewartet, alle sahen sich so ähnlich.

Nun kam unser Interview zustande.

Ihre Geschichte ähnelte der Luiz'.

Zwei Sätze sind mir im Kopf haften geblieben. Auch

wir fragten, ob sie nicht Angst gehabt, ob sie nicht einmal an Emigration gedacht hätte.

Ihre Antwort war schlicht: Der Kampf mußte geführt werden. Es war nicht gut so, aber es war Realität.

Und der zweite: Im Untergrund hatten wir alles verlassen, die Familie, die Freunde, unser eigenes Aussehen, unseren Namen – und es gab niemals so etwas wie Ausgehen am Abend. Jetzt ist immer noch nicht alles gut, aber wir leben wieder zu Hause, wir haben wieder Freunde und tragen unseren Namen – und abends gehen wir aus.

Es ist eine strahlend fröhliche Frau, die wir interviewt haben, die mit Händen und Augen sprach und immer näher an mich heranrückte während des Gesprächs, die mich an den Schultern, den Armen, den Händen berührte, als wollte sie über die Worte hinaus eine Verständigung zwischen uns schaffen.

Als wir gingen, schrieb sie uns ihren Namen auf. Sie drehte das Papier schief und schrieb mit links. Sie schrieb linkisch, ungeübt. Ich sah auf ihre rechte Hand. Sie war verkrüppelt, zwei Finger fehlten.

Auch sie hatte schon mit siebzehn Jahren im Gefängnis gesessen. Auch sie war gefoltert worden.

Ach, Susanne, ich wünsche, du hättest dich in Luiz verliebt. Dann wär' dir dein Herz jetzt auch schwer, aber du wärst nicht so verwirrt. Eine flammende Sehnsucht ist viel romantischer als dies verstockte Hin und Her, in dem du augenblicklich liebst. Das ist ein richtiger Klemmi, schluchztest und lachtest du letzte Nacht am Telefon, aber das Schluchzen überwog.

Er war also gestern bei dir. Ich habe eine Postkarte gesehen, mit einem Huhn, das seine Flügel ganz weit nach vorn verschlingt, als wolle es Umarmung proben: Wenn du kommst, backe ich einen Kuchen...

Ich schick' sie dir heute. Dein Kuchen ist danebengegangen, du hast ihn zu früh aus dem Ofen genommen, und als du ihn anschnittst, matschte der Quark, entfernte sich vom festen Rand und lief davon. Wie der Brei aus dem Märchen. Nur war der übergekocht. Du bist auch zu weich innen geworden, sag' ich dir. Außen spröde und fest und innen... Außerdem kochst du noch über, meine Liebe, und weißt nicht einmal wohin laufen, weil nämlich keiner folgt. Und keiner schöpft die süßen Blasen ab, die übern Topfrand quellen. Ich schlage dir etwas vor: Vergiß den Typ! Aber dieser Vorschlag bleibt erst mal auf dem Papier, hätte ich ihn dir letzte Nacht zwischen das Schluchzenlachen geworfen, wärst du gestolpert und würdest mich kaum mehr anrufen, wenn du ohnehin schon unsicher bist. Und das mit Recht. Ich meide auch die „Freundinnen", die mir, wenn ich verliebt bin, glücklich oder unglücklich spielt keine Rolle, in kurzen klaren Worten erklären, daß „der Typ" meiner Gefühle nicht wert sei. Das ist es auch nicht, was ich dir sagen will, es wird deutlicher im Jargon meiner Großmutter, die zu sagen pflegte: Um einen Mann tut man nicht weinen, es gibt ja zehn für einen. Sie hatte noch andere lebensweise Sprüche auf Lager, zum Beispiel: Erst mal drüber schlafen, morgen sieht alles ganz anders aus...

Nicht einmal das hab' ich dir letzte Nacht vorgeschlagen, hab' nur zugehört und versucht, mir ein Bild von dem Mann zu machen, nicht von dir in diesem Fall, du bist innen puddingweicher Quarkkuchen, nein, von ihm, denn das ist das Beste, was ich jetzt für dich tun kann. Die Sprüche nützen nichts, aber ein Bild brauchst du.

Du hast den Tag gestern verwartet, schon morgens Kleidung geprobt, Verkleidung? Solltest du wie üblich aussehen, Hosen und lockere T-Shirts, solltest du deine weite indische Hose mit den silbernen Streifen anziehen, Exotiklook, solltest du die Sommerkleider aus der Mottenkiste holen, und welches, das kurze mit dem Gürtel, das die Taille betont, oder die langen lässigen Schlatterröcke. Der Tag gestern brachte dir einen Überblick über deinen Kleidungsbestand und Ordnung im Schrank, denn nach einiger Zeit wilden Probierens gingst du systematisch vor. Nichts hielt stand vor deinen kritischen Blicken in den Spiegel. Du wundertest dich, häßlich, wie du bist, daß du überhaupt wagtest, einen Mann bei dir zu empfangen, daß du nicht, selig darüber, schon einen erwischt zu haben, an diesem festhieltest weit über den Zeitpunkt hinaus, wo deine Hände wirklich Lust am Zupacken hätten, einfach nur, weil einer dir die Ehre erwies, dich zu wollen. Du zogst deine allerengsten Jeans über, und es traf dich wie ein Schock. Du kriegtest den Reißverschluß nur mit Mühe zu, kramtest eine Großmutterbluse aus dem Schrank, ganz weit und kurz und mit Spitzen, sahst in den Spiegel und wurdest rot. Es war geradezu peinlich, daß du solche Sachen zu tragen wagtest, du hattest nicht die dazugehörige Knabenfigur, dein Hintern war zu rund, deine Hüften zu geschwungen, und dein Busen ließ die Bluse vorn zu weit vorstehen.

Da sagte ich am Telefon, hör auf, kein Wort mehr, wenn du so anfängst, red' ich nicht weiter, du hast eine hübsche Figur, und jede weitere Diskussion ist Koketterie. Er hat es dir vielleicht nicht gesagt, obwohl du es von ihm unbedingt gebraucht hättest, ich kenn' das, es ist wie mit gewissen Kunstwerken. Sie sind schön, wirklich schön, harmonisch bis zur Vollkommenheit, aber erst der Lack macht sie haltbar. Er ist im Grunde überflüssig, er ist aufgesprüht, er ist oft unsichtbar, aber ohne ihn bröckelt die Schönheit und löst sich vielleicht sogar auf. Schönes wird unansehnlich, nur weil etwas Unwichtiges fehlt. So wird es wichtig.

Ich sag' dir hiermit, daß du schön bist, du mußt das Kompliment durch Selbstbeleidigung nicht weiter hervorlocken, kein Wort mehr darüber.

Doch, sagtest du, das gehört zur Geschichte dieses Tages, und ohne sie begreifst du nichts und ich auch nicht, und ich erzähle es dir doch, um selbst besser zu verstehen.

Du hattest dir einen Zeitplan gemacht, den du einhieltest. Einkaufen, Kuchenbacken, Joggen, Duschen, Haarewaschen, Ausruhen, Anziehen, Warten. Deine Entscheidung, einen roten weiten Zigeunerinnenrock mit schwarzem Unterhemd anzulegen, warfst du im letzten Augenblick über Bord, zogst einen Unterrock deiner Großmutter an, durchsichtig und mit Spitzenbesatz, mit dazugehörigem Leibchen. Das schien deinem altmodischen Körper zu entsprechen, meintest du.

Er kam eine halbe Stunde zu spät, hatte sich verfahren in der fremden Stadt. Dein Körper vibrierte beim Warten, im letzten Augenblick bürstetest du hastig noch einmal dein Haar, bis es sich wollig um den Kopf bauschte, zogst einen braunen Strich um die Augen.

Und mit einem Mal, sagtest du am Telefon, und in deiner Stimme schwang Erstaunen mit, merkte ich, wie gut es mir ging in dieser Aufregung. Ungeheuer lebendig, und ich war stolz, ja, richtig stolz, daß ich in dieser Stärke Gefühle empfinden und aushalten konnte und nicht wegpacken mußte.

Als er kam, verschwanden all deine Befürchtungen, häßlich und abstoßend zu sein. Es war ja auch eine Suche nach der Frau gewesen, die ihm gefallen könnte, die seine Sehnsucht, seine Begierde wecken, seinen Körper in Vibrationen versetzen könnte. Du hattest im Kleiderschrank nach dem Ebenbild seiner Wünsche geforscht. Jetzt, ihm gegenüber, verlor die Suche jede Bedeutung. Er war da, du warst da, mehr zählte nicht. Du fragtest ihn, ob er Kaffee oder Tee tränke. Wenn ich aufgeregt bin, trinke ich immer Kaffee. Und jetzt? Kaffee.

Kaum zu glauben. Jetzt Kaffee. Dabei wirkte er ruhig, interessiert an deinem Zimmer, den Bildern an der Wand, deinen Büchern, jedoch von unaufdringlichem Interesse, nicht aufgeregt. Oder vielleicht doch ein bißchen, er sprach viel. Erzählte Geschichten, drollige aus seiner Umgebung, wollte deine Meinung zu den neusten Filmen hören, die du aber gar nicht gesehen hattest, teilte sein Urteil über jüngst gelesene Gedichte mit, kam plötzlich auf die Idee, sich einen Walkman zu kaufen. Da wart ihr gerade spazierengegangen, immer in gebührendem Abstand, er hatte erzählt und erzählt und manchmal deine Meinung zu irgend etwas wissen wollen.

Nachträglich, bei unserem Telefonat, fragtest du mich und dich, ob er vielleicht krampfhaft versucht habe, Gesprächsthemen zwischen euch herauszufinden, ob er vielleicht vorher schon eine Strategie entwickelt hätte: reden, reden, reden, damit ihr euch nicht zu nahe kommen könntet. Und ob er dann vielleicht angesichts deiner ruhigen langweiligen Art von der Angst getrieben wurde, der Gesprächsstoff könnte euch ausgehen.

Wie hast du dich denn gefühlt? fragte ich, die Probefrage bei der Klärung innerer Wirren. Gut. Entspannt und aufgeregt zugleich. Aber nicht von dieser Aufregung, die verrückt macht. Und irgendwie gar nicht distanziert. Es gibt so eine Entfernung zwischen mir und meinem Freund, gegen die ich manchmal wie gegen etwas Dunkles, Wattiges, Undefinierbares angehe. Da können wir uns körperlich sehr nahe sein, und ich spüre etwas zwischen uns wie ein unsichtbares Schwert.

Bei eurem Spaziergang wahrtet ihr körperlich Distanz, dennoch war nichts Trennendes zwischen euch. Am Telefon allerdings wolltest du es kaum noch wahrhaben, meintest, dir diese Nähe nur eingebildet zu haben, weil du sie dir wünschtest.

Ich widersprach: Trau deinen Gefühlen. Wenn du dir etwas wünschst und es nicht kriegst, geht es dir schlecht. Ist doch klar. Wenn es dir mit ihm nicht schlechtging, hatte das einen Grund. Aber da muß doch etwas Trennendes zwischen euch gewesen sein. Diese Frau.

Darüber hattet ihr nicht geredet. Und plötzlich war auch alles sehr schnell zu Ende. Er wollte einen Walkman kaufen. Er beabsichtigte, einen Tag später auf eine Fahrradtour zu gehen, um nachzudenken, um zu arbeiten, zehn Tage lang, um sich dann mit jener Frau zu treffen. Sie hatten ein „Klärungs-Rendezvous" vereinbart.

Da wirst du ja gut erholt sein, war alles, was du herausbrachtest, und dann unterhieltet ihr euch über Fahrradurlaube. Du liebst es, wie eine Schnecke unterwegs zu sein, alles hinter dir auf dem Sattel, nur schneller, aber die Geschwindigkeit ist immer deine, denn auch das Wetter wird deins, weil du Teil von allem wirst, wenn du Fahrrad fährst.

Ihr eiltet zu einem Geschäft, kurz vor Ladenschluß erstand er sein Gerät, und dann verabschiedetet ihr euch. Seine Freunde warteten bereits auf ihn. Er fragte dich nicht, ob du mitkommen wolltest. Er trennte dich offenbar säuberlich von sich selbst. Du warst eine Frau, die er drei Stunden besuchte, um sie einmal wiederzusehen.

Alte Freundschaft auffrischen, höhntest du am Telefon.

Und wie geht es dir jetzt?

Traurig. Aber von einer guten Traurigkeit. Ich weiß besser, was ich will. Ich will es spüren, wenn ich einen liebe. Ich will mich gut fühlen in seiner Nähe. Ich will auch Sehnsucht haben nach einem.

Und du kannst auf Antwort auf deine Gefühle verzichten?

Nein.

Du hattest nicht verzichten müssen. Irgendwie war da eine Antwort gewesen. Wenn eine sich so öffnet wie du diesem Mann, Susanne, erfährt sie mehr über ihn, als sie bewußt wahrnimmt.

Nun also, trau dem, was du spürst, wenn du eine geöffnete Hand bist.

Und genieße die zwei Wochen, in denen du in Ruhe schlafen kannst. Und laß mal alles sacken. Schlaf gut drüber. In vierzehn Tagen sieht vielleicht alles anders aus. Großmüttersprüche...

Manche Tage sind viel zu weit für mich. Dann schlottern sie mir um den Körper, und ich suche meinen Platz und finde ihn nicht. So etwa, vermute ich, fühlst du dich heute. In der Wohnung erwacht, die du heute allein ausfüllen mußt. Auf der Arbeit lernst du gerade von einer älteren Kollegin, den Buchhaltungscomputer zu bedienen – von ihr mußt du mir übrigens irgendwann einmal mehr erzählen –, und deine Gedanken tragen dich fort, dahin, wo er jetzt seine Siebensachen so eng packt, daß sie auf dem Gepäckträger Platz finden.

Manche Tage sind mir auch zu eng. Dann muß ich die Arme anlegen und ganz kleine Schritte machen, und trotzdem kneift alles und spannt. Die ersten Tage in Moskau, vor allem die Abende, gehörten in die Kategorie der zu weiten.

Überall hätte ich hingehen können. Das Bewußtsein vom großen fremden Moskau, dessen Menschen und Winkel und Gassen doch eigentlich, unbekannt, wie sie mir waren, zur Abenteuerlust hätten reizen müssen, begleitete mich. Doch wie ein lästiger Animateur bei organisierten Robinsonurlauben, vor dem ich sicher fliehen würde, lag das buchdicke Programm des Festivals auf dem Hotelzimmertischchen, und ich wagte nach dem ersten schnellen Blick gar nicht, noch einmal hineinzusehen, geschweige denn den Versuch zu unternehmen, mich darin zurechtzufinden. Angeblich war bei den Cubanern abends etwas los, angeblich gab es Zimmer, in denen abends der Alkohol floß, angeblich amüsierten sich alle anderen, nur ich taumelte durch den viel zu weiten Tag.

Als ich Slava wiedersah, so etwa in der Mitte der Woche, legte ich die Arme eng an, versuchte, meine Schritte klein den seinen anzupassen, fand aber nicht seinen Takt, fürchtete, durch unpassende Bewegungen oder Worte eine Naht dieses Abendschlauchs aufzureißen mit einem Geräusch, das alle herbeirufen und den armen Slava in große Verlegenheit versetzen würde.

Hätte ich die Wahl, würde ich mich für die zu weiten Tage entscheiden, Susanne, auch wenn dich das jetzt nicht tröstet, so wie du umgetrieben bist. In den zu weiten ist es ja auch voll von Angeboten, von Leben, fremdem, ja, das gestehe ich zu, und du wie leblos irgendwo, aber Leben und die Möglichkeit, deinen Raum zu finden. Es ist mühsam! Ja! Es ist mühsam! Und vielleicht erfolglos. Aber selbst wenn deine Suche ohne Erfolg bleibt, mach dich auf den Weg. Such deinen Platz zwischen hier und da, fülle ihn aus, probiere, ob es wirklich deiner ist, und wenn nicht, scher dich weiter. Ja, da werden die Schuhsohlen mürbe und manches dazu. Aber anders ist es im Leben nicht, und diesmal spreche ich keine Allerweltsweisheit aus. Und jetzt, liebe Genossin, erinnere ich dich auch einmal an die Gesellschaft und den Kampf hier und da und allerorten und jeden Tag, und vielleicht ist er erfolglos. Da hast du deinen Platz gefunden, sicher, das erleichtert manches. Aber in der Liebe ist es nicht anders. Daß da einer für dich wohlpräpariert vor deinen Füßen liegt, wenn du durch den grad auf dich zugeschneiderten Tag gehst, ist so gut wie ausgeschlossen. Ich halte es für falsch, von völliger Unmöglichkeit zu reden, auch heute geschehen noch manchmal Märchen und Wunder. Aber ist es nicht auch ein kleines Märchen, daß du in Moskau einen kennenlerntest, mit dem du erfuhrst, wie es ist, sich als geöffnete Hand zu fühlen. Genug davon. Stell dein Innenleben die nächsten vierzehn Tage ruhig in den Ofen, damit es fester wird, hast du mit dem Quarkkuchen ja auch getan.

Als ich Slava wiedertraf, endlich nachts telefonisch erreicht – er dolmetschte überraschenderweise nicht auf dem Festival, und er holte mich nach einer Veranstaltung ab –, lag der Abend vor mir wie ein orientalisches Tablett, das für sich in seiner samtigen Schönheit genug ist, aber außerdem noch Platz bietet für alles, was einer von einem Raum zum anderen tragen möchte. Slava sah frisch gewaschen und gut rasiert aus. Er trug einen ordentlichen Anzug, und er trug ihn ordentlich. Als ich ihn deshalb auslachte, schlug er einen Handel vor: Er entledige sich seiner Krawatte und ich mich der dummen Hundemarke um meinen Hals. Eine etwas zu groß geratene Hundemarke, dieser Ausweis, den alle Delegierten trugen, mit Namen und Herkunftsland und Hotel in Moskau und Foto. Ich hatte von Anfang an nicht gewußt, ob ich über dies Ding lachen oder weinen sollte. Als Slava mit abgespreiztem Finger darauf zeigte, während er die Augen verdrehte, hatte ich mich schon daran gewöhnt, mit einem Ausweis auf der Brust herumzulaufen, der sich als Sesamöffnedich für vieles, unter anderem für die Herzen der Moskauer, entpuppt hatte. Für Slavas Herz offenbar nicht. Slava war auch gar nicht festivalbegeistert. Das machte mich neugierig. Er sei zu alt für das Festival der Jugend. Er sei schließlich schon dreißig geworden. Zu irgendeinem Festivaltrubel mit Musik und Tanz wolle er auch nicht mitkommen. Mit energischen Schritten steuerte Slava durch die Kantine des Schriftstellerhauses in den großen Saal eines Restaurants hinein. Er hätte Hunger. Ich lief hinter ihm her. Im Restaurant entspann sich ein Wortwechsel zwischen Slava und dem Oberkellner, wobei der Kellner auf die Uhr und Slava auf mich wies. Das Sesamöffnedich, doch nicht schlecht, daß ich die Hundemarke trug. Die Uhr siegte. Slava kaufte in der Kantine einen Turm von salamibelegten Weißbroten, wobei er mich informierte, daß wir jetzt zu ihm nach Hause fahren würden, er jedoch nichts zu essen hätte. Aber Wein. Helena, Slavas Frau, von der er, als ich ihn kennenlernte vor drei Jahren, gerade geschieden worden war und mit der er seit Beginn dieses Jahres wieder verheiratet ist, sei leider gerade beruflich unterwegs, da kaufe er nichts ein, da esse er kaum etwas, da verkomme die Wohnung. Er teilte es mir sogar mit einem gewissen Stolz mit. Helena habe ihm die Wohnung in absolut einwandfreiem Zustand hinterlassen, nur einige Pfandflaschen sollte er zurückbringen, alles andere war tipptopp in Ordnung. Aber da er faul sei, werde er die Flaschen wegschmeißen. Ein Glück, bald komme sie zurück... Ja, sie hatten wieder geheiratet. Ich erinnerte unser letztes Gespräch, Slava, wund vor Anstrengung, sich mit einer Frau auseinanderzusetzen, die er liebte, die ihn aber verlassen hatte. Sie war zur Familientherapie gegangen, nicht er. Sie steckte voller Leben, er war eher langweilig. Als ich ihn kennengelernt hatte, war er nicht langweilig, ein nachdenklicher Mann, der über die Weltlage wie über sein Gefühlsleben mit gleicher Offenheit sprach. Er hatte nie aufgehört, Helena zu lieben.

Ob er jetzt glücklich sei. Glücklich, sagte er, während er sich beim Autofahren mit dem Zigarettenanzünder die Finger verbrannte, glücklich, was für ein Wort, warum sollte ich glücklich sein. Es ist jetzt alles in Ordnung, ich bin zufrieden, was will ich mehr?

Helena wollte mehr, gestand er irgendwann, nein, gestand ist das falsche Wort, er plauderte über Helenas kapriziöse Wünsche. Helena wollte ein Kind. Er wollte keins. Warum nicht? Ach, er wollte eben nicht.

Und alles mit dem glattrasierten, zufriedenen Gesicht eines satten Mannes. Wenn ich mich morgens im Spiegel anseh', lächelte er mir vom Steuer aus zu, dann kann ich die Augen zumachen, aber die Vorstellung, da geistert einer immer in meiner Nähe herum, der aussieht wie ich – unerträglich...

Sein Auto bockte, wir fuhren zu einer Tankstelle. Slava versuchte, die Ursache herauszufinden, schickte mich entsetzt fort, als ich mir eine Zigarette anzündete. Da rauchte ich dann im Dunkeln neben einer Bank, auf der drei Jugendliche redeten und schmusten, daneben Grünzeug um Hochhäuser, und der Abend schnürte mir fast die Luft ab. Ich hatte mich auf Slava gefreut, und da war nun aus meinem lieben Freund einer geworden, der redete, daß ich verstummte.

Wir schoben das Auto schließlich an.

Ich sollte mich hineinsetzen, den zweiten Gang einlegen, es klappte, der Motor sprang an. Da spielte ich Slava einen Streich. Das Pendel zwischen Plan und Spontaneität schlug in dem Augenblick aus, als ich Slava neben mir laufen sah. Er schrie: Halt an, halt an! Da fuhr ich weiter, drückte aufs Gaspedal, er rannte noch eine Weile neben mir, gab dann auf, im Rückspiegel sah ich, wie er schwer atmend vor der Tankstelle stand. Ich drehte eine Kurve, und als ich das Auto neben ihm zum Stehen brachte, knitterten einige Falten in Slavas gebügeltem Äußeren. Ich lehnte mich lässig auf die heruntergekurbelte Scheibe. „Der Motor muß in Gang gehalten werden, komm, steig ein, sonst säuft er wieder ab."

Slava hatte sich schnell gefangen, am Steuer gewann er seine knitterfreie Sicherheit zurück. Ich aber entschied, daß es schon zu spät sei, um ihn noch zu Hause zu besuchen. Um eins führe sowieso die letzte Metro, und bei diesem Auto gebe es keine Sicherheit für späteres Kutschieren nach Hause. Ich hatte Heimweh nach meinem Hotelzimmer, nach meinem Bett, wollte mich ausbreiten und ankuscheln, wenigstens ans Kopfkissen. Wir irrten zwei Stunden durch Moskau, Slava verfuhr sich immer aufs neue. Da fanden wir im Dunkeln wieder unser Lachen, unsere Unbeschwertheit, über die Widrigkeiten des Lebens hinwegzualbern.

In die vertraute Ironie Slavas hatte sich viel Resignation geschlichen. Er hatte sein Leben eingerichtet, eine Arbeit, die ihm zwar nicht behagte, aber Einkommen und Freizeit garantierte. Was im Leben zählt, ist doch, daß ich mein Auto fahren kann – und daß es fährt. Daß ich mal ins Restaurant gehen kann, ins Theater, daß ich es mir leisten kann, Freunde einzuladen zu einer Flasche Wein. Ich lebe wie alle, bin unauffällig, habe eine Frau, bin verheiratet, komme in der Woche nicht spät nach Hause, stehe früh auf, ich singe nicht laut auf der Straße – und im allgemeinen habe ich auch keine Ausländer zu Besuch.

Einmal allerdings sah ich den alten Rebellen durchbrechen: Er hatte den „Gala"-Abend der Franzosen besucht.

Stell dir vor, da stand ein Pulk von Franzosen ohne Eintrittskarte vor den Ordnern, die sie natürlich nicht hineinließen. Und plötzlich formierten sie sich, brüllten im Takt „solidarité, solidarité", schoben die Ordner beiseite und drangen ein. Es konnte natürlich keiner etwas dagegen tun, sie waren zu viele.

Er feixte, als er es erzählte, die Zigarette klebte in seinem Mundwinkel, und er wirkte mit seinem müden Adlergesicht wie ein Großvater, der sich freut, wenn seine Enkel den Atlantik überqueren.

Du hältst dich nur vom Festival fern, weil du den anderen übelnimmst, daß sie jung sind, warf ich ihm an den Kopf, dabei solltest du dir selbst übelnehmen, daß du mit dreißig schon alt bist, alt und sauer, wie schlechter Wein...

Stimmt, grinste er, stimmt. Und als wir endlich das Hotel gefunden hatten, nahmen wir uns in die Arme und drückten uns so fest, als wollten wir vom andern etwas mitnehmen. Wir verabredeten uns, wie wir uns immer verabredeten: Wenn ich das nächste Mal in Moskau bin, ruf' ich an.

Als ich dir von Slava erzählte, reagiertest du gegen meine Erwartung. Du warst betroffen, aber mehr durch meine Ablehnung als durch Slavas Verhalten. Wie ich mir denn das Leben eines Büroangestellten vorstellte. Da gelte es, pünktlich, sauber und genau zu sein. Dir mißfielen eher diejenigen, die nach Büroschluß versuchten, in die lässige Haut eines Nichtstuers zu schlüpfen, mit Sportwagen, Surfbrett und Biene hier und da. Slava sei ehrlich gewesen, hätte sich nicht verkleidet, um mir als spontaner Westlerin zu gefallen.

Aber du arbeitest auch im Büro und bist nicht so geschniegelt, nicht innen und nicht außen, brachte ich gegen deine Argumente vor. Und außerdem, wie reagierten die im Büro eigentlich, als du dir die Haare so flippig abschnittst? Die schönen Haare, haben sie bedauernd gesagt, die schönen Haare...

Du erzähltest mir wie zum Beweis die Geschichte deiner Kollegin in der Buchhaltung.

Sie steht kurz vor der Pensionierung, aber das sieht ihr niemand an, blondgelockt, schick gekleidet und fröhlich, wie sie täglich erscheint. Sie hat zwei erwachsene Kinder, begann erst wieder zu arbeiten, als die beiden „aus dem Haus" waren. Montags weht sie stets frühlingsfrisch ins Büro, hinter sich ein Wochenende voll Luft und Ausflügen mit ihren Enkeln. Die Jahre ihrer hauptberuflichen Muttertätigkeit waren gespickt mit Heimarbeit hier und da zur Aufbesserung des Haushaltsgeldes. Früher, vor ihrer Ehe, hatte sie bereits als Sekretärin eines Steuerrevisors gearbeitet und auch damals bestimmt das Wörtchen „wir" gebraucht, wenn sie von ihrer Firma sprach. So redet sie nicht nur, so denkt sie auch. „Wir", das ist der Betrieb, und „für uns" heißt: für die Interessen der Betriebsleitung. Sie redet ihren Chef mit „Herr Doktor" an, voller Respekt, obwohl er zwanzig Jahre jünger ist als sie und sich von ihrer Klugheit viele Scheiben abschneiden sollte. Anderen gegenüber spricht sie von „unserem Doktor". Da schimmert etwas durch wie Zärtlichkeit für einen Sohn, der gut geraten ist. Sie weiß auch Bescheid über seine Familienverhältnisse, über seine Kinder, über die Probleme seiner Frau, die sich nach einem erfolgreich absolvierten Universitätsstudium in ihrer Hausfrauen- und Mutterrolle oft eingesperrt fühlt und Ausbruchsversuche unternimmt. Die Kollegin kommt nach solch langen Gesprächen mit dem Chef nachdenklich aus seinem Zimmer und schenkt sich eine Tasse Kaffee ein. Die trinkt sie dann, mit einem Blick aus dem Fenster, wie eingepuppt in das hinter ihr liegende Gespräch und als warte sie darauf, daß es wie Münzen durch sie hindurchklicke. Dann, die Tasse Kaffee ist geleert und in der kleinen Küche gespült, sorgfältig wieder an ihren Platz gestellt, geht die Kollegin zurück an die Arbeit, munter und gut gelaunt. Sie tratscht nicht, erzählt nichts weiter. Das wissen alle im Büro. Deshalb vertrauen sich ihr alle an, wie der Chef. Alle wissen aber auch, was die anderen der Kollegin erzählen, denn Gerüchte über das Privatleben sickern in die Büros wie Grundwasser in den Sumpf.

In wenigen Monaten soll sie pensioniert werden. Vor zehn Jahren erst, als der Chef sie holte aus einer anderen Firma, mit der sie zusammenarbeiteten und wo er ihre unauffälligen Fähigkeiten schnell entdeckt hatte, lernte sie, mit dem Buchhaltungscomputer umzugehen. Nun soll ich es von ihr lernen, sagtest du, und dir graute davor. Dieser seltsame Apparat, der alle eingegebenen Fehler vervielfacht. Ich soll ihr an die Hand gehen, sie wird über die Pensionierung hinaus eine Woche im Monat weiterarbeiten, wenn nämlich der Computer für das rechtzeitige Ausspucken der Gehaltsabrechnungen gefüttert werden muß.

Diese Frau ist ideal für eine Arbeit in der Buchhaltung, sie ist freundlich zu allen und verschwiegen und parteilich allein für die Geschäftsleitung. Und sie arbeitet gern. Vertraulich, im Flüsterton, hatte sie dir gebeichtet: Mein Gott, ich komm' so gern hierher, das Leben, die Kollegen und auch die Arbeit, alles ist mir so wichtig, ich müßte dem Chef eigentlich noch Geld dazugeben, daß er mich hier arbeiten läßt.

Doch auch sie hat ihren schwachen Punkt, an den die Lunte gelegt werden kann. Und das sind nicht ihre Kinder, nicht ihre Enkelkinder, das ist die Politik. Sie stammt aus einer alten sozialdemokratischen Arbeiterfamilie, der Vater ewig lange Mitglied in der IG Metall – sie selbst ist nicht gewerkschaftlich organisiert, das besorge ihr Mann, meint sie –, als Kind gehörte sie zu den Falken, und seit sie wählt, wählt sie die SPD! Junge Leute, die CDU wählen, handeln ihr geradezu wie gegen die menschliche Natur. Bei Alten, da kann sie es noch verstehen, die Alten spinnen sowieso oft, sind verkalkt und verknöchert, aber die Jungen, wie können die nur so etwas tun. Wenn nicht über Politik geredet wird, vergißt sie ihre Abneigung gegen diese jungen, männlichen CDU-Wähler, die, wie Slava gekleidet, ihre Arbeit tun und an Wochenenden surfen, einmal die Woche die Sauna aufsuchen und das Solarium. Sie lacht mit ihnen und erkundigt sich nach ihren Freundinnen. Einmal allerdings hatte einer einen ausländerfeindlichen Witz erzählt, da hat sie ihn aus ihrem Zimmer geworfen und erst wieder mit ihm geredet, als er sich mit einem

Strauß Blumen entschuldigt hatte. Seitdem werden in ihrer Gegenwart keine solchen und auch keine frauenverachtenden Witze mehr laut. Was ihrer Beliebtheit – auch unter den jungen CDU-Wählern – keinen Abbruch tut. Wenn allerdings über Politik diskutiert wird, verliert sie das adrette Unverbindliche, das ihr sonst eigen ist, und kann verkniffen, radikal und „geradezu zur Furie" – Zitat eines Kollegen – werden. Da zeigt sie sich erstaunlich gut informiert, da läßt sie sich von den reaktionären Äußerungen der jungen Kollegen zu unerwarteter Radikalität hinreißen, lobte sogar einmal die Berliner Mauer und forderte einen braungebrannten jungen Mann aus der Exportabteilung auf, ihr zuzustimmen. Sehen Sie, die CDU treibt die Türken mit Macht aus dem Land, die Brüder und Schwestern da drüben sind unter Dach und Fach, was sollten wir mit denen bloß anstellen, wenn die hier auch alle noch arbeitslos wären?

Dir gestand sie, daß sie bei Friedensdemonstrationen vor dem Bildschirm sitze und dich in der Menge suche, im Herzen sei sie bei euch.

Ich wurde neugierig auf deine Kollegin, Susanne, versuchte, sie mir vorzustellen, etwas ruhig, herb, ein wenig abgearbeitet vielleicht, sonst immer mit Schürze, und nun mit Kostüm im Büro.

Du lachtest mich aus. Pustekuchen. Die kleidet sich jugendlich elegant, sogar Hosen, nie Kostüme, wie ich mir das so vorstelle, blau mit weiß, die fährt ein großes Auto, macht zweimal im Jahr Urlaub, argumentiert genauso verkniffen gegen den Sozialismus wie gegen die CDU-Typen, legt immer blaue Schminke auf die blauen Augen und Rot auf die Fingernägel und Lippen – natürlich passend.

Und ich würde sie für eine Kleinbürgerin aus dem

Bilderbuch halten, von Flippigkeit keine Rede, vielleicht machte ich es mir zu einfach...

Du findest dich wieder. Ich suche dich immer noch und auch die geheimnisvollen Anziehungskräfte zwischen dir und ihm. Er ist seit fünf Tagen fort, dein Freund auch, du lernst Tag für Tag die Wohnung allein auszufüllen – und auch dich selbst. Gestern machtest du einen langen Spaziergang. Häufig hattest du dich dabei ertappt zu sagen: Das müßte man mal im Sommer unternehmen... Gestern besannst du dich darauf, daß jetzt Sommer ist. Es war ein milder Abend, ausnahmsweise ohne Regen, du kamst an frischgemähten Wiesen vorbei und sogst den Geruch ein, als wolltest du ihn zu einem Teil von dir machen. Du sahst Liebespaare, und es zog in dir. Aber du brachtest es fertig, lockerzulassen. So strich der Schmerz durch dich hindurch. Als er gleichsam aus deinen Poren heraustrat, hüllte er dich noch eine Weile wie in eine modrige Dunstwolke, bevor er sich verflüchtigte. Du dachtest an den Tod, der endgültig abschneidet von allem, und du hadertest gleichzeitig mit dem Leben, das, als wolle es immer wieder das Sterben zur Übung aufgeben, dich von einem Abschied zum anderen hangeln läßt. Das vorwurfsvolle, fast bösartige Rechten mit den unbestimmten Kräften, die dich durchs Leben stießen, wich bald schon einer gelassenen Traurigkeit. Jeder Abschied machte Platz für Neues, und genau, wie du den kräftigen Grasgeruch nicht in der Nase halten könntest, auch nicht wolltest – du stelltest es dir vor, wie du, einen Kuchen backend, immer nur Gras riechst, wie du, aus der Dusche tretend, dich selbst als Gras wahrnimmst, wie du im Büro keinen Geruchsmischmasch aus Bohnerwachs, heißgelaufenen Maschinen, Parfüm und Kaffee mehr in der

Nase hast, immer nur Gras, es wäre zum Verrücktwerden –, wolltest du dich auch nicht festlegen auf eine Gefühlslage. Du setztest dich neben alte Männer auf eine Bank vor einem See. Sie saßen dort stumm und blickten auf die Enten, die sich um Brotkrumen zankten, während eine alte Frau ihnen immer neue ins Wasser warf. Aus dem See stieg ein Geruch, der an Algen, Moder und Kloake erinnerte, du aber tauchtest in den Flimmer des Abendlichts, das durch die hohen Bäume brach und sich auf dem See spiegelte, und in dir stieg die Erinnerung an euren Seespaziergang auf.

Du nennst ihn euren Seespaziergang, mit dem stolzen, gemütvollen Gesichtsausdruck, den auf anderen Gesichtern die Worte „unser Jüngstes" oder „unser Griechenlandurlaub" oder auch „meine Modelleisenbahn" hervorzaubert. Euer Seespaziergang war ein tragendes Element für das wenige, das zwischen euch aufgebaut worden war. Euer Seespaziergang gehörte zu euch, ihr, Mann und Frau mit kurzer Geschichte, wart nicht zu denken ohne ihn, und er gehörte euch, nur euch beiden. Den wird euch keiner stehlen können.

✦

Aber eigentlich bin ich bei der Vergegenwärtigung der zehn Festivaltage noch gar nicht bei dem Seespaziergang angelangt, vorher gab es noch einen Tag im Frauenzentrum für dich. Vorher gab es noch seinen amüsierten Bericht über seinen Heimweg, als du mit Luiz „abgehauen" – so sein Wort – warst. Ich wäre besser mit dir gegangen, hatte er betont, so habe ich mich ganz verloren gefühlt, der Heimweg war ziemlich schrecklich und auch ziemlich komisch. Nein, eigentlich will ich ihn nicht missen. Auch so was muß man mal erlebt haben...

Er war in Begleitung einiger „deiner" Genossen zur Metro gegangen. Sie schwärmten lauthals vom Festival, von dieser Stadt, vom Sozialismus. Einer habe sich besonders hervorgetan. Der habe sich plötzlich auf dem Bürgersteig aufgepflanzt, seine Nase in die Luft gereckt, die von Suppendünsten, Abgasen und Gewitterschwüle angedickt war, geschnuppert und geseufzt: „Diese Moskauer Luft, riecht mal, wie prickelnd..." Die anderen hätten es ihm nachgetan, etwas unsicher, nur er habe sich unterstanden zu bemerken: „Ich riech' nichts..." Vor der Metro sei der schwärmerische Jüngling in den Satz ausgebrochen: „Wie monumental schön, diese Kathedrale des Volkes!" Und angesichts einer langen Menschenschlange vor einem Obststand habe er gejauchzt: „Seht nur einmal, diese Ruhe und Gelassenheit der Menschen, das gibt es nur hier, ach, hier würde ich gerne leben!" Er habe gedacht: Stell dich doch an! Aber nur gedacht.

In der Metro, an einem Haltegurt von einer Seite zur anderen geworfen, habe „dein Genosse" Vergleiche angestellt zwischen den offenen Augen und den fröhlichen Gesichtern der hier Anwesenden mit den unsicheren, verklemmten Blicken der Menschen, die die Verkehrsmittel „bei uns" benutzen. Dabei hätten die Menschen verdrießlich, müde und gelangweilt ausgesehen, noch gerade neugierig, wenn sie auf die Festivalausweise schielten, und unterschieden sich von denen, die er aus der U-Bahn in München kenne, nur durch die viel größere Anzahl derer, die lasen, dicke Bücher sogar, auch schon Kinder. Das beeindruckte ihn allerdings, „dein Genosse" würde ihm aber in ewiger Erinnerung bleiben. Er lachte mit seinen hellen Augen, als er dir davon erzählte, es war kein böswilliges Lachen, eher ungläubig und etwas gerührt. Dir stieg eine leichte Röte in die Wangen. Du schämtest dich für die, die die Wirklichkeit verdrehen mußten, um Begeisterung zu äußern. Und sie begriffen nicht einmal, daß die Wirklichkeit nicht so armselig war, daß sie verdreht werden müßte.

Mit gefällt es, Susanne, daß du Widersprüche nicht fortwischst wie obszöne Sprüche von der Wandtafel vor der nächsten Unterrichtsstunde. Dein Blick ist sehr genau, verliert auch nichts von seiner Ruhe, wird nicht flatternd, wenn er auf etwas fällt, das nicht ins Konzept paßt. Du bist dir deiner Weltsicht sicher. Diese Sicherheit ist ein Fundament deines Lebens. Sie kann auch nicht einfach in große Begriffe gefaßt werden, Arbeit für alle, kein Privateigentum an Produktionsmitteln, Freiheit, Gleichheit, Brüderlichkeit, Schwesterlichkeit, und das auf ökonomischer Grundlage, all das greift nicht. Eher so etwas wie Schwarzbrot für jedermann, Zuckererbsen sind nicht dein Fall, du willst beißen, magst Kräftiges lieber als Pamps, magst dich auch durchbeißen und willst wachsen können.

Auf eurem Seespaziergang diskutiertet ihr auch über Politik. Er hatte sich viel mit Zen beschäftigt und griff das Bild auf, das er schon einmal benutzt hatte. Der menschliche Organismus sei in unaufhörlicher Bewegung begriffen, da sei nichts starr, alles fließe, beeinflusse sich gegenseitig, da fänden ständig Umwandlungen statt, und sobald ein Organ starr werde, stocke der Energiefluß. Leben ist Bewegung. Stillstand bedeute Tod im menschlichen Organismus. Er strebe eine Gesellschaft an, die dem menschlichen Organismus gleiche. In Moskau allerdings erlebe er Angst vor nicht gelenkter Bewegung, Angst vor Spontaneität. Warum beispielsweise seien die Zentren aller Länder so weit auseinandergezogen, über ganz Moskau verteilt, warum sei niemandem bekannt, welches Land an welchem Ort seinen Klub habe. Er habe einen Freund aus Österreich aufsuchen wollen, er mußte aufgeben, keiner wußte, wo das Zentrum Österreichs war. Warum werde durch die Fülle an Organisation der Kontakt derartig erschwert. Warum seien alle Delegationen in Unterkünften weit über Moskau verstreut, er habe sich ein Festival der Weltjugend viel kommunikativer vorgestellt und nicht so, daß alle von einer Veranstaltung zur andern gekarrt würden und der einzelne nur diejenigen kennenlerne, die entweder zufällig im Hotel nebenan untergebracht seien oder aber mit denen organisierte Freundschaftstreffen stattfänden. Wovor die bloß Angst hätten in Moskau, schließlich seien alle letztlich wohlwollend gekommen, zumindest neugierig. Und er malte dir seine Vision aus: alle Delegationen in Hotels um den Roten Platz untergebracht, alle Klubs ebenso, alle Veranstaltungen auf dem Roten Platz oder drum herum, dann hätte es eine Verständigung der Jugend der Welt geben können, dann wäre dies Festival ein Schritt zur Sicherung des Friedens gewesen.

Du brachtest trocken ein paar Zahlen vor: Moskau ist nicht Berlin oder München, in Moskau leben Millionen Menschen, und über eine Million Sowjetbürger reisen täglich aus allen Teilen des Landes an. Der Rote Platz würde nicht ausreichen, um alle Besucher zu fassen, es würde eine viel stärkere Einschränkung erfolgen als durch die Dezentralisierung, aber in einem solchen Fall wäre es eine Auslese der Ellenbogenkräftigsten, derjenigen, die sich einen Platz erboxten. Das sei Prinzip des Kapitalismus.

Du sagtest nicht, kein Prinzip des Sozialismus, du

setztest voraus, daß er wußte, daß du nichts vom Sieg in der Konkurrenz der Ellenbogen hältst. Was andere schon wissen, wiederholst du nicht, bist eher sparsam mit Worten. Es war auch nicht dein Anliegen, ihn für deine Meinung zu gewinnen. Du weißt, daß solche Diskussionen ganz selten überzeugen. Trotzdem gabst du dir große Mühe, deine Meinung gegen seine zu stellen, wo es dir wichtig war, ihm aber auch da zuzustimmen, wo es dir vielleicht nicht behagte. Du wolltest ihn nicht agitieren, du wolltest, daß er dich kennenlernte. Und du wolltest auch deinen eigenen Standpunkt in diesem Gespräch entwickeln, dich selbst im Festivalgetümmel kennenlernen.

Sein Vergleich der menschlichen Gesellschaft mit dem menschlichen Körper gefiel dir. Du dachtest laut darüber nach, suchtest nach Widerspruch. Du erzähltest ihm, was du von mir gehört hattest. In einem Arbeitskreis über Subkultur war über die Dialektik von Plan und Spontaneität gesprochen worden. Es war bedauert worden, daß in sozialistischen Ländern so etwas wie wildwüchsige Kunst nicht existiere. Es war von mangelnder Lebendigkeit die Rede gewesen. Es wurde als Beispiel das Auftreten der Delegation von Benin auf der Eröffnungsveranstaltung im Lenin-Stadion genannt. Zum Vergnügen aller hatte die Delegation aus Benin den geplanten Ablauf durcheinandergebracht, weil sie sich ihren herrlichen Tänzen hingab, unvorstellbaren Verrenkungen, die leicht und mühelos wirkten und viel Zeit brauchten. So war bald ein Abstand zur vorangehenden Delegation entstanden, der ein halbes Stadion einnahm und einige uniformierte Männer auf den Platz trieb. Die Tänzer aus Benin hatten unbesorgt um den Plan ihre Tänze graziös und mit bewegter Ruhe ums Rund des Stadions vorgeführt. Als sie jedoch in der Arbeitsgruppe als Vorbild verwirklichter Spontaneität zitiert wurden, erhob sich einer der Tänzer und widersprach heftig. Solche Leichtigkeit und Schönheit im Tanz erreiche keiner spontan. Sie hätten drei Jahre lang hart geprobt für diesen Auftritt. Der Eindruck von spontaner Lebendigkeit war diszipliniert und organisiert erarbeitet worden.

Du unterstrichst deine Worte mit sparsamen Gebärden, sahst in den Himmel, wo zerfetzte Wolken von einem Wind vorangetrieben wurden, der euch auf der Erde nur streichelte. Der Abend schlich sich mit gelbem Licht näher, und du wagtest einen Blick auf sein Gesicht, das von Abendschatten gestreichelt wurde. Eine Spaltung ereignete sich, dramatisch, heftig und schmerzhaft. Am Himmel zerplatzten keine Feuerwerkssterne in funkelnden Farben, kein Blitz zerteilte ihn, kein Donner erschütterte die spiegelnde Glätte des Sees, auch die Erde tat sich nicht auf. Eine kleine unhörbare Spaltung ereignete sich. Fortan nahmen an diesem Seespaziergang in den sich auf Filzpantoffeln nähernden Abend zwei Frauen teil, beide hießen sie Susanne.

Die eine Susanne steckte die Hände in die Hosentaschen. Sie verwies darauf, daß sich im Augenblick mit Sicherheit viele Agenten in Moskau tummelten, sie schnipste die Worte „wohlwollend sind alle hergekommen" fort mit einem Verweis auf die gehässigen blinden Einschätzungen, die in seiner „eigenen" Delegation am Essenstisch laut würden, sie informierte ihn, daß die PLO-Delegation vor Beginn des Festivals bereits verkündet hätte, sie könnte für ihre Leute keine Garantie übernehmen. Sie sprach mit beiläufiger, vielleicht ein wenig starrer Stimme. Sie hielt die Hände tief in den Hosentaschen vergraben. Sie klickte auf den Auslöser seines Fotoapparates, als er vor dem See unter den sich nun dicker ballenden Wolken posierte. Sie lachte, als er sie bat, sich von ihm im Abendlicht fotografieren zu lassen. Ein hohes, abwehrendes Lachen. Sie blieb steif auf dem Fleck stehen, auf dem er ihr den Apparat in die Hand gedrückt hatte. Sie kicherte nur, du bist ja viel zu weit weg, du wirst auf dem Bild nicht erkennbar sein.

Die andere Susanne näherte sich ihm Schritt für Schritt, machte ein Bild von seinen glatten, auf den Kragen stoßenden Haaren, näherte sich ihnen mit ihren Händen, die fest und klein und zupackend sein konnten und sich nun ausdehnten, weich wurden, schmiegend, sich in seinen Haaren vergruben, hinabwanderten zu seinem Nacken, sich mit seiner Wärme vereinigten und hochtasteten über seine Ohren zu seiner Stirn, auf der bereits drei tiefe Falten quer eingegraben waren. Sie fuhr mit zitternden Fingerkuppen jede einzelne Furche entlang, strich die Anspannung fort, die dort lag, näherte ihre Lippen seinen buschigen Augenbrauen, küßte die Lider über den Augen, die im Abendlicht ihre Farbe vertieften, dunkler wurden, ließ ihre Lippen, die rot brannten, von seinen an der Spitze gebleichten Wimpern kitzeln. Sie legte ihre Hände an seine rasierten Wangen, wo Stoppeln hervortraten, und machte eine Wanderung mit dem Mund über die große runde Nase, auf der sie besonders zärtlich zwei vorwitzige Härchen begrüßte, über den stacheligen Schnäuzer, über das runde, nicht weiche, nicht harte Kinn. Sie suchte seinen schmalen Mund, liebkoste ihn spielend, suchte ihn zu öffnen. Sie schmeckte ihn, sie roch seine Haut, sie öffnete all ihre Poren, daß er durch sie hindurchträte.

Die eine Susanne ließ sich von ihm nun doch fotografieren, von ganz nah, ihre Schüchternheit verbarg sie unter einem spöttischen Lächeln. Sie folgte seinen ausgestreckten Armen mit den Augen, sein Zeigefinger wies auf Vögel, die sich vom Wasser sanft schaukeln ließen. Seeschwalben, erklärte er, die wollte ich dir unbedingt zeigen. Sie fragte, was Seeschwalben mit Schwalben gemein hätten, hörte seinen Ausführungen interessiert zu. Seeschwalben gehörten nicht zur Familie der Schwalben, sie würden wohl so genannt, weil sie gleich zierlich wären, sie flögen im Verband, lebten, wie der Name schon sage, am See. Es seien anmutige Vögel, die sich mit ihren schnell flatternden, eigentlich kleinen Flügeln sehr hoch schrauben könnten. Er hatte als Junge für Vögel geschwärmt wie andere für Briefmarken oder Bierdeckel. Täglich sei er mit einem Notizheft an den Tegernsee gewandert, habe Vögel beobachtet, ihre Eigenheiten in seinem bald zerfledderten Heft notiert, daheim in einem Vogellexikon nachgeschlagen. Einmal hatte er einen Habicht entdeckt und gezittert vor Aufregung. Überwältigt von der Größe des Vogels und davon, daß es ihn wirklich gab, nicht nur in Büchern, und er ihn mit eigenen Augen gesehen hatte, wollte er andere an seiner Entdeckung teilhaben lassen und machte sich auf den Weg zu einem kleinen Kinderzoo, in dem es neben einer Eule Ziegen, einen Esel, viele Enten und kleine Vögel gab. Unterwegs lag im Gras eine Taube mit einem Furunkel am Hals, die matt mit den Flügeln schlug und sich nicht fortbewegen konnte. Er hüllte sie behutsam in sein schmutziges Jungentaschentuch und nahm sie mit. Der Aufseher des kleinen

Tierparks teilte seine Begeisterung über den Habicht nicht. Ja, er wüßte, daß es Habichte gebe, was der Junge von ihm erwarte, solle er ihn fangen oder abschießen oder was... Die Taube bedachte er mit einem kurzen Blick und drehte ihr den Hals um.

Die andere Susanne hätte seine Stimme, in der das Erstaunen über die Grobheit von Erwachsenen durchklang und auch die Trauer über die getötete Taube und Amüsiertheit über den dummen Jungen, immer weiter hören mögen. Sie wünschte sich ein Aufnahmegerät, das die Stimme verewigt hätte, das sie abends vorm Einschlafen abspielen könnte, sich einwickelnd in die Stimme, wie die Taube eingewickelt worden war in das Taschentuch. Sie spürte die Stimme auf ihrer Haut. Sie war wund von einer Sehnsucht, die sie atemlos machte. Sie legte die Arme dieses Mannes um sich und glitt mit ihm ins Gras. Sie erschrak vor einem fremden ziehenden Schmerz im Bauch. Es gab keinen Zweifel. Sie hatte seit Jahren fast jede Nacht neben einem Mann gelegen, auch nah bei ihm, auch sehr nah mit ihm, sie hatte Luiz' Kopf und seine Wärme in ihrem Schoß gespürt, und trotzdem traf die Sehnsucht sie jetzt heiß und unerwartet und fremd. Sie richtete sich in grausamer Ausschließlichkeit auf den Mann, der in einem Meter Abstand neben ihr ging und aus seiner Kindheit erzählte. Sie nestelte aufgeregt an den Knöpfen seines Hemdes, legte seine Brust frei, auf denen helle Büschel lockten, zog ihren Pullover und ihr Hemd mit einem Ruck über den Kopf und streichelte mit ihren Brüsten seine Haut, die Locken auf seiner Brust, legte seine furchtsamen Hände auf ihre Brustwarzen, so daß Hand und Brust zu neuem Leben erwachten. Sie vergrub ihre Hände, nun fest und weich zugleich, in seinen Haaren in der warmen Nackenbeuge, ließ sie kreisen, zog ihn näher zu sich, küßte ihn, ließ sich küssen, küßte mit ihm, schmeckte ihn, roch ihn, öffnete jede Pore ihrer Haut, daß er hindurchginge.

Die eine Susanne schwieg, bückte sich auf der Suche nach einem vierblättrigen Kleeblatt, durchbrach das Schweigen nach zu langer Zeit mit einer erstickten, spitzen Stimme. Was er denn eigentlich bei der Evangelischen Jugend zu suchen habe, er mit seinen Zen-Sprüchen. Das sind keine Sprüche, das ist ein Teil von mir. Erstaunen über die Aggressivität in ihrer Frage. Aber im Grunde genommen sei die Frage legitim, er habe sich auch hier auf dem Festival völlig „abgeseilt" von den anderen, die ihm albern vorkämen, als trügen sie Scheuklappen. In Bayern gucken manche mit Lederhosen vor den Augen, grinste er, in dieser „Jugend", die sich evangelisch nennt, hat auch mancher etwas vor den Augen. Nicht mal die Bibel, das wär' ja nicht schlecht, da steht einiges drin, auf das man das Weltjugendfestival ruhig abklopfen sollte, Friedfertigkeit zum Beispiel und daß der, der Mantel und Brot hat, es teilen soll mit dem Hungernden und Frierenden. Aber wenn man die Bibel zuklappt und hochhält, nur für die andern, und sich selbst vor die Augen, ist sie nicht mehr als ein zu dickes dunkles Buch, das einsperrt. In ein Loch, in dem sogar die Fenster vor den Gittern fehlen. Er war der Evangelischen Kirche eigentlich aus Protest gegen seine Eltern beigetreten. Ihre zur Schau getragene Frömmigkeit, die sich in sonntäglichem Kirchgang und spitzen Worten über „unmoralischen Lebenswandel" äußerte. Von der Machtpolitik der Katholischen Kirche, von der Inquisition damals und modifiziert heute, man denke nur an Cardenal in Nicaragua, ihren

Reichtum, damals offen, heute versteckt, aber nichtsdestoweniger vorhanden, ihren jahrhundertelang erprobten Methoden, Menschen das Rückgrat zu krümmen, indem sie ihre natürlichsten Bedürfnisse als Sünden deklariere, davon wollten seine Eltern nichts hören. Er habe noch unkeusche Gedanken beichten müssen, ob sie das Gefühl von Demütigung kenne, eingepfercht in einen dunklen Kasten, Gedanken an die Körper von Frauen, Erregung angesichts der an Kiosken ausgestellten, einladenden nackten Frauenschenkeln Träume von der Mutter, der Schwester, Phantasiegeschichten über die langhaarige Blonde mit den Beinen, die nicht zu enden schienen, die ihn überhaupt nie eines Blickes würdigte, denn sie war drei Klassen weiter als er, wenn er also solches und ähnliches einer anonymen Stimme, deren feister Leib allerdings einmal monatlich von seiner Mutter mit Kaffee und Kuchen bewirtet wurde, also wohlbekannt war, alle Einzelheiten erzählen mußte, dabei schamerfüllt zu sein hatte und sich um so mehr schämte, als mit dem Aussprechen der Worte die Erregung zurückkehrte und die Beichte so gleichsam zu einer Verdoppelung des Sündenfalls geriet. Er verlor sich in seiner Erinnerung. Die Falten auf der Stirn furchten sich tiefer. Nein, sie kenne nicht einmal einen Beichtstuhl. Einmal, bei der Besichtigung einer Kirche, habe sie sich gewundert über die an allen Längsseiten schnurgerade ausgerichteten Holzkästen, die dort standen wie Plumpsklos. Sie sei nicht religiös erzogen worden, zwar getauft, des Anstands halber, wie die Eltern den Anstand immer sehr betonten, auch konfirmiert, wie die Eltern auch den Pastor respektvoll grüßten, aber vielleicht fünfmal zum Gottesdienst in der Kirche gewesen und auch da oben auf der Empore vor der Orgel Salmiakpastillen gegessen und mit den

Freundinnen gekichert, wenn sie nicht gerade singen mußten. Du warst im Chor? Susanne mußte lachen über die Bewunderung, die in seiner Frage lag. Wir waren alle im Chor, wir Konfirmandinnen, ich glaube, es war ein Trick, uns zu regelmäßigem Kirchgang zu bewegen. Vielleicht hatte der aber auch nur nicht genug Sopranstimmen... Weiß nicht, ist mir auch schnuppe...
Die eine Susanne lachte.

Die andere Susanne verlor sich an seinem Körper. Sie roch das Gras, das feucht wurde im Abendtau, sie vernahm das leise Plätschern der Wellen an das schilfige Ufer, sie trocknete ihre grasfeuchte Haut durch die Hitze, die sie von innen heraus zu verbrennen drohte, und sie trocknete seine Haut dazu. Sie legte sich auf ihn, viel kleiner als er, oben und unten ragte er unter ihr hervor. Sie kühlte ihren flammenden Körper an seiner Haut und setzte ihn zugleich in Flammen. Sie begab sich in seine Hände und hielt ihre offen für ihn. Sie war wie eine geöffnete Hand, ganz und gar. Sie küßte seinen Körper, bis er ihr vertraut war. Jeden Hügel, jedes Nest, jeden Strauch, jeden Wald, jede seidenglatte Ebene, jedes Sandkorn, die ganze Landschaft seines Körpers würde sie mit ihrem Mund, ihren Händen, ihren Brüsten, ihren Beinen, ihrem Bauch und ihrem Hintern entdecken, erforschen, und brauchte sie ein Leben lang dafür.

Die eine Susanne, mit feuchten Händen, die tief in den Taschen vergraben waren, und er gelangten zu einem prächtigen Bau. Ein Kloster, erklärte er, hier hat der Zar, weißt du, der von Zar und Zimmermann, eine Zeitlang gelebt. Sie strichen durch einen dunklen, stallähnlichen Raum, in dem es nach feuchtem Holz roch.

Eine schmale Treppe führte zu einer geschnitzten geheimnisvollen Tür. Sie schauderte märchenhörig. Vielleicht die Dornröschen verbotene oder die Blaubarts oder die all der anderen Geschichten, die doch immer nur eines aussagten: Es gab eine Tür im Leben, die müsse verschlossen bleiben, andernfalls beträte der Mensch sein Verderben.

Die andere Susanne verwandelte sich in die geöffnete Tür, durch die er hindurchtreten sollte. Sie erwartete ihn strahlend und schön, mit geöffneten Armen und bereit. Sie wollte ihn in sich bergen wie eine Muschel die Perle, sie wollte ihn umhüllen mit tausend leuchtenden Seidentüchern, sie wollte ihn schmücken mit allem, was funkeln und glitzern könnte, sie wollte ihm See des Lebens sein, in den er eindringen und wie neu emportauchen würde. Sie wollte, sie wollte, sie wollte ihm auch die letzte Tür öffnen, aber das wäre die des Glücks, wo einer aufschreit und nicht mehr weiß, ob er stirbt oder geboren wird.

Die eine Susanne lachte. Er war die Stufen hochgetappt, geheimnisvoll und majestätisch erhaben auf Zehenspitzen, hatte die Klinke sacht heruntergedrückt, kein Widerstand, er legte den Finger auf den Mund, zwinkerte ihr zu, öffnete die Tür und prallte zurück. Da stinkt es, als sei seit Zar Peters Zeiten die Scheiße nicht weggeschafft worden... Ein Klo. Sie bog sich vor Lachen.

Auf der anderen Seite des Klosters ein Wandelgang, gerundet um einen Zierbrunnen, auf dessen von Tauben bekleckerten Rand sie sich setzten, um die prächtige Front des Bauwerks zu bestaunen. Hier konnten sich die Popen wirklich gut verschanzen vor dem revolutionären Mob... Hart wirkte alles, starr, die Macht in die Architektur verlegt. Sie verglich die Zwiebelkuppeln mit einer Reklame für Dunlop-Reifen, und wirklich, vor den Fotos, die er dir später schickte, wirst du noch einmal auflachen, Dunlop, klar, mit den Rillen und so gummischwarz.

Ihre Hände lagen dicht nebeneinander auf dem steinernen Kelchrand. Die andere Susanne setzte sich auf seinen Schoß, biß leicht in sein Ohr, hauchte hinein in der Absicht, ihn schauern zu machen, klickte mit Daumen und Zeigefinger seine Wirbelsäule hinab, kletterte wieder hoch, ließ ihn aufstöhnen, o ja, da, Mensch, da hab' ich eine Verspannung, bot ihm Massage an, Massage ja, ließ ihn weich werden unter ihren festen Händen...

Die eine Susanne schlug vor zurückzukehren, sie war kalt und klamm vor unterdrückter Sehnsucht. Sie fühlte ihr Herz wund, als sei ihm die Haut abgezogen. Sie begann von ihrem Leben in ihrer Heimatstadt zu erzählen, ihrer Arbeit, ihrem Freund, hastig erzählte sie, mit Worten, die vor den Gedanken standen. Ihr Freund, der ein wirklicher Freund sei seit der Schulzeit, der, handwerklich begabt, begabter als sie, die ihre anderen Begabungen habe, ihm in der Schule geholfen habe bei den Vorbereitungen auf Klassenarbeiten, bei der Erstellung von Referaten, ihr Freund habe fast alle Möbel ihrer Zweizimmerwohnung selbst getischlert. Da merkte sie erst, welchen Verrat sie begangen hatte, biß sich auf die Lippen, fragte beiläufig: Aber bevor ich hier mein ganzes Leben vor dir ausbreite, warum bist du denn nun eigentlich Mitglied der Evangelischen Jugend, und wie vereinbarst du das mit deinem Zen-Kram?

Er ist kein richtiges Mitglied der Evangelischen Jugend, schließlich mit seinen dreißig Jahren dafür doch wohl auch zu alt, kein ordentliches, gewissermaßen anständiges und zweckvolles Mitglied. Nach Moskau mitgenommen eher zufällig, wie schon gesagt, ein Lückenbüßer. Aber einer mit Lust an der Beobachtung, am Kennenlernen. Er amüsiert sich über die Funktionäre aus den eigenen Reihen, die Moskau in ihren Hotelzimmern bei endlosen, die Nacht überdauernden Sitzungen kennenlernen. Am Anfang vermutete er eine aufschneiderische Lüge und ein Ablenken von nächtlichen Zimmerorgien mit im Berjoschka erstandenen Alkohol oder gefügigen kleinen Delegiertinnen, aber ihre täglich stumpferen und blasseren Gesichter, die von immer strengeren Falten zerschnitten wurden, sprachen eine eindeutige Sprache. Nun staunt er nur noch. Sein Schritt von der Katholischen zur Evangelischen Kirche glich dem Umzug aus einer Wohnung, die zu eng, zu muffig war und wo die Nachbarn so laut und aufdringlich waren, daß sie ihn vertrieben, in eine andere Wohnung, weniger eng, weniger muffig, mit weniger unangenehmen Nachbarn und immerhin ein Dach über dem Kopf. Welche Alternative hätte er wählen sollen, die Wanderung mit dem Rucksack über die Brücke ins Niemandsland? Er war im Bergsteigen nicht ausgebildet ... Und außerdem, Religion fasziniere ihn. Die Versuche der Menschen seit Jahrtausenden, das Unerklärbare zu erklären, hinter die letzte Grenze des Sichtbaren zu blicken, Halt und Sinn zu geben im Taumel durchs Leben. Religiöse Werke, so auch die Bibel, verstehe er als Annäherung ans zutiefst Menschliche, die Götter, die Dämonen oder auch Gott oder Teufel, Himmel und Hölle auch Elemente des Menschen, unerträgliche zum Teil und also aus ihm herausgeschält und außer ihn gesetzt, damit sie vernichtet und zugleich aufgehoben würden. Die Religion als Vorform der Psychotherapie ...

Als risse eine fast noch grüne stachlige Kastanienhülle nadelfein, breche vorsichtig auf und erlaube einen Blick auf den von glänzend harter Schale geschützten weichen Kern, schälte sich vor den verstohlen wissenden Augen der anderen Susanne aus der Hülle des sicheren, unverletzlichen Mannes derjenige heraus, der versuchte, Halt zu finden, wenn Dämonen ihn jagten. Sie hätte ihm gern den Weg gewiesen in das freundliche Land der Liebe, eingefriedet durch Zäune mit der Aufschrift: Für Dämonen verboten. Aber sie trug die Lebensweisheit ihrer weiblichen Ahnen in sich und wußte, Zäune können nichts einfrieden, eher schon einfrieren. Und was machen die nur mit Haut und Augen und Händen und Fingerkuppen und Haaren bekleideten Liebenden, wenn das Land der Liebe vereist ist? Sie wußte sehr sicher, daß Dämonen durch Zäune nicht ferngehalten würden, ganz im Gegenteil. Die andere Susanne träumte Zukunft, Augenblicke, in denen auch Gedanken an Dämonen sich in Luft auflösten, schmolzen im Atem blühender Apfelbäume, der eins wurde mit dem der Liebenden. Sie verschlang ihre Hände hinter seinem Nacken und malte in seine Augen, die nun flach und ohne Hintergrund schienen, ein Bild, das ihre Horizonte aufschließen sollte. Wir beide, im Sommer Sanddünen, körnige, kratzige, im Herbst Heidekraut und ihr violetter Duft, und immer Heu und immer blühende Bäume und immer meine Hand, die Bilder auf deine Haut malt, meine Finger, vergraben im Gewöll auf deiner Brust, unsere Körper, die sich ergänzen zum Kreis ...

Und Zen, erklärte er der einen Susanne, habe ihn seit frühester Jugend angezogen. Zuerst zufällig auf ein Büchlein gestoßen, habe er dann systematisch die öffentliche Bücherei nach Zen-Literatur durchforstet... Katholisch und die Philosophie der Buddhisten, na ja... Sie kräuselte die Lippen, sie gab vor, über Buddhismus einiges zu wissen, sie wollte nicht unwissend erscheinen neben diesem gebildeten Mann, der neben ihr schlenderte, den Abstand von einem Meter nur ganz selten aufgab, gegen die nackte Haut ihres Armes strich und überhaupt nicht wahrnahm, daß dann Funken schlugen. Der soll nicht denken, wir Kommunisten kennen nur Zahlen, Arbeitslosenstatistik, Rüstungsausgaben, Einsparung der Gelder für Soziales... Er ereiferte sich auch jetzt nicht. Ruhig ging er neben ihr her, erklärte, er sei Meßdiener gewesen, und gleichzeitig habe er intensive Zen-Meditationen betrieben. Exerzitien, die ihm ermöglichten, später seine Hausaufgaben in geringstmöglicher Zeit zu erledigen. Er habe sich ganz aufrecht auf seinen Stuhl gesetzt, seine innere Mitte gesucht und gefunden und in völliger Konzentration eine Stunde gearbeitet. Eine Stunde, mehr hätten die Hausaufgaben in der Oberstufe ihm nicht abverlangt. So brachte er es fertig, Chefredakteur der Schulzeitung zu sein, eine Unmenge nicht schulnützlicher Literatur zu lesen, Sport zu treiben...

Verwöhntes Blag, dachte sie ärgerlich, und dafür Zen. Mehr Zeit hatte ich auch nicht für Hausaufgaben, aber nicht, um mich dann zu vergnügen, danach, davor, dabei war der Haushalt zu erledigen, Putzen, Waschen, Kochen, die Geschwister versorgen. Der Ärger keimte in ihr, blühte auf und versah sie mit einer Schutzhülle wie aus Aluminiumfolie. Sie war gefeit gegen die zufälligen Berührungen, da knisterte keine Lust, schlugen keine Funken mehr. Sie hatte es nicht nötig, sich klein zu machen, kleiner, als sie ohnehin schon war, neben einem, der niemanden und nichts an sich heranzulassen schien. Ruhen in der eigenen Mitte, pah, dachte sie. Er sollte besser von mir informiert werden über Arbeitslosenstatistik, Rüstungsausgaben, Einsparung der Gelder für Schulen, Kindergärten und die von ihm ausgeweideten öffentlichen Bibliotheken.

Der Himmel lauerte dunkel und sternenlos über ihnen, die Wolken standen zusammengeballt und wie für die Ewigkeit vor dem Mond, der See war angefüllt mit schwarzer Tinte. Die Bäume zeichneten unbewegliche Fratzen gegen die Wolken. Susanne strebte schneller zu den im Dunkel blinkenden Lichtern des Hotels. Wie ein Weihnachtsbaum..., dachte sie und sagte: Ich bin müde.

Schweigend legten sie die letzten Meter neben dem See zurück, beobachteten eine Katze, die sich geduckt an ein Etwas im Gras heranpirschte. Der Abend nahm die beiden nicht unter seinen Mantel, er zog sie nackt aus, und Susanne fröstelte. In der Hotelhalle strudelten die Menschen durcheinander, als sei die Nacht nicht schon über ihre Mitte getreten. Im Fahrstuhl allerdings mußten die beiden einige Etagen allein überbrücken, in diesem Käfig, der Intimität aufzwang. Er lachte, tippte ihr auf die Nase, sagte: Ich hab' dich bestimmt gelangweilt mit meinem Religionszeug, morgen mußt du mir von dir erzählen, viel mehr von dir... Wie ein Stein, der spurlos im Wasser versinkt, ohne eine kleine Welle zu hinterlassen, verschwand Susannes Ärger, und übrig blieb ein unter der Sonne strahlender See, der zum Eintauchen einlud. Ich bin sehr gern mit dir zusammen, fügte er hinzu.

Vor ihrem Zimmer nahm er sie in die Arme. Ihr Kopf lag nah seiner Achselhöhle, sie saugte seinen Geruch auf, sie küßte die Haare auf seiner Brust, sie stellte sich auf die Zehenspitzen, umschlang ihn, fuhr mit den Händen durch seine Nackenhaare. Die eine und die andere Susanne wurden eins und stammelten: Ich habe solche Sehnsucht nach dir, solche Sehnsucht . . .

Er befreite sich aus deinen Armen, Susanne, schob dich vorsichtig von sich, sagte: Gute Nacht! und ging. Aber du hattest noch bemerkt, wie sein Atem flach wurde, als du dich an ihn drücktest. Du hattest es bemerkt.

Im Badezimmerspiegel sahen dir skeptische braune Augen entgegen. Du fuhrst über deine Haare, die wie ein verbranntes Stoppelfeld standen, zeichnetest die Schmetterlingslinie deiner ungeschminkten schwarzen Augenbrauen nach, tastetest über deine immer noch heißen Lippen, immer geschwollen, als seien sie lange geküßt worden. Vielleicht mag er lieber langhaarige Blondinen mit blauen fröhlichen Augen und schmalen Mündern, vielleicht mag er nur langbeinige Frauen mit Fresientaillen, vielleicht mag er spröde intellektuelle Frauen, mit denen er philosophische Gespräche führen kann, vielleicht wollte er heute nur einen Abend totschlagen, mit dir wie mit jeder anderen, wahrscheinlich waren seine Worte, er sei gern mit dir zusammen, nur Höflichkeitsfloskeln. Du mußt morgen von dir erzählen . . . Höflichkeit. Aus katholischer verlogener Erziehung stammende gleichgültige Höflichkeit.

Im Bett stopftest du die Decken um dich herum fest, als sollte kein Lüftchen dich mehr berühren. Du versuchtest dich wiederzufinden, das bin ich, die hier liegt, meine Zehen dort unter kann ich tanzen lassen, ich umgebe sie mit luftigen Schuhen, sie sind zuverlässig und ausdauernd, aus ihnen wachsen meine Beine, nicht die marlenegleichen, die er wohl mag, neben denen er vielleicht seine Ruhe verlöre, feste, kurze, die Oberschenkel ausladend zu den Hüften passend, aber schön geformt, mit denen kann ich springen, laufen, schwimmen, tanzen, jawohl, tanzen, und es gibt auch welche, die Lust haben, mit mir zu tanzen. Du hättest weinen mögen vor Wut. Einer unbestimmten Wut. Auf ihn. Auf seine unverletzliche Gelassenheit an deiner Seite. Wie der Typ aus der Sage, der mit Wachs oder irgend etwas gebadet hat... aber da war doch ein Lindenblatt gewesen... Wut auf dich selbst, daß du zugleich wie bezaubert warst von seiner Unabhängigkeit, seinem Nirgendwodazugehören, der hätte bestimmt keine Angst, auf Betriebsversammlungen aufzutreten, hätte er nicht?... du weintest nicht. Du taumeltest zwischen auftauchendem Traumgelände und dem nur mit dir selbst und starren Möbeln angefüllten Zimmer hin und her. Du fragtest dich, warum er? Du weigertest dich, Liebe wie einen Schicksalsschlag zu empfangen. Das war die Groschenheftlesweise deiner Mutter gewesen. So töricht bist du nicht...

In einen Traum, in dem du noch einmal durch einen der ersten Tage hindurchhastest, morgens um sieben Besprechung, dann Frühstück, dann Busfahrt zum Zentrum, Regen, Information über Hintergrund und Organisation, Schwierigkeiten und Möglichkeiten auf dem Festival, Suchen des Roten Platzes, der in deinem Traum vor deinen Füßen sich in die Länge zieht wie ein Gummiband, das nicht zerreißt, die abweisende schwammige Fratze deiner Begleiterin in der Metro, die aus drei Schritten Entfernung die Nase rümpft, als sie dich ansieht wie einen fauligen Misthaufen, und schreit: Zottig wie du, das mag keiner, du solltest mal mehr für dich tun, und dann bist du eine zottige Jahrmarktpuppe, riesenroter Mund wie Klatschmohn unter winzig runder Holznase, an der alle kreischend drehen, bis sie mit steifen Schritten ihre vorgezeichneten Wege klackt. Mittagessen, um sie herum schlagen sich Sätze wie Boxer: „Wenn ihr mir keinen Bären schenkt, fahr' ich ab", „Miese Organisation, miese Organisation", „Zuviel Organisation, zuviel Organisation", „Wenn ihr mir keinen Bären schenkt, fahr' ich ab", „Bären sind menschenfeindliche Tiere, man muß sie auf Fahnen verbieten", „Ich will einen Kuschelbär", sie klackt hinaus, steht hilflos, als der Mechanismus versagt, nimmt ihre Beine in die Hand und schwebt zu den Bussen vorm Hotel, setzt sich, die Beine immer noch in der Hand, auf einen Platz, neben ihr grinst ihr ein Bär entgegen, sie lehnt sich an sein Fell, fällt in einen kurzen Schlaf, der Bus ruckt an zu einer Stadtrundfahrt ohne Ende und Ausblick, die Fenster weinen über den Regen, sie weint mit, der Bär wischt ihr die Tränen von der Wange, vorsichtig, wie ihr scheint, doch dann tropft Blut auf ihre weiße Bluse, er hat ihre Haut zerkratzt, die Blutflecken erheben sich, wachsen, werden Klatschmohn, ein blutrotes Feld von Klatschmohn wuchert auf ihr, sie pflückt und pflückt und pflückt und pflückt. Im Zentrum der BRD angekommen, pflückt sie weiter, da tritt er im Kulturprogramm auf die Bühne, singt ein Liebeslied, nur für sie, sie begräbt ihn unter Klatschmohn... da schneidet ein Schrillen durch deinen Traum. Du bist wie eingesargt in deine Decke, findest mühsam einen Ausgang, das Telefon schreit wie ein ungeduldiges Kind. Es ist Luiz.

Was ging in dir vor, als du eine zaghafte Männerstimme hörtest, die „Hallo?" sagte? Schlug dein Herz einen Moment aus dem Takt, war das Hoffnung? Natürlich, gabst du mir leichthin zur Antwort, klar, dann dachte ich aber auch, es ist wieder einer von den Verrückten, die zehnmal am Tag anrufen und dann wieder auflegen, das begann ja nach drei, vier Tagen, und als Luiz englisch sprach, konnte ich kein Wort verstehen. Ich hab' nicht viel verstanden von seinen Worten, verstanden hab' ich und hab' mich wegen meines Mitleids geschämt, daß ihn Sehnsucht quälte. Seltsam, bei Luiz dachte ich nicht abfällig: Festivalsehnsucht, eine warme Haut zum Ausruhen zwischendurch, bei Luiz nahm ich als wahr: Sehnsucht nur nach mir. Es war, als sähe ich mich im Spiegel. Meine Hilflosigkeit, mein Zittern, meine Ohnmacht gegen dies Gefühl, das mich belagerte. Ich war nicht eine Sekunde wütend auf Luiz, weil er mich um drei Uhr nachts weckte. Ich vermutete nicht eine Sekunde Gleichgültigkeit gegen mich. Ich stand da, im kurzen T-Shirt, im Zimmer, das immer heller wurde, vielleicht gewöhnte ich mich nur, vielleicht zog aber auch schon der Morgen auf, vielleicht war es sogar später als drei, ich weiß nicht. Meine Füße wurden kalt, ich wärmte einen Fuß immer am Bein des andern. Wie ein grauer Marabu stand ich da schweigend am Telefon, hörte geduldig seinem Wortschwall zu, der immer weniger vorsichtig, immer breiter floß, verstand überhaupt nichts und sagte, als er fragte, ich habe dich doch hoffentlich nicht belästigt, no. Und dann verabredete ich mich für den nächsten Abend mit ihm. Vor dem Hotel der Cubaner. Auf unserem Platz, sagte er zärtlich. Gute Nacht. Träume süß.

Träume süß! Dein Wecker war auf halb sieben gestellt. Bis zum letzten Tag nahmst du zuverlässig und pünktlich an den SDAJ-Besprechungen morgens um sieben teil. Geduscht, mit dem Kamm durch die Stoppeln, um die Augen ein brauner Kreis, fertig, und in diesem Durchgangsraum im Hotel auf den grünen Teppich gehockt. Da mit aufmerksamen Augen, blank und rund wie Kieselsteine, zugehört, genickt, gefragt, notiert, was nötig war. Ich hab's gesehen. Drei Tage lang zumindest. Danach gönnte ich mir die Stunde Schlaf bis halb acht, mußte erst um neun aufbrechen, um zehn begann der sogenannte Literaturworkshop. Drei Tage lang hab' ich dich morgens beobachtet. Du warst blank und frisch. Du kannst einfach nicht von Sehnsucht aufgefressen gewesen sein, glaub' ich dir nicht.

An diesem Morgen zumindest hattest du Schatten wie Tintenkleckse unter den Augen, behauptetest du, verschobst sogar das Duschen bis nach dem Frühstück, warst nach dem Weckerklingeln noch einmal dumpf weggesackt in einen Schlaf wie fieberkrank. Allerdings, das Sakrileg, du pflichtbewußte Genossin, bis länger als fünf vor sieben fiebrig zu sein, gestattetest du dir nicht. Flink in Schlüpfer und Jeans unters T-Shirt, mehr war nicht nötig, und – mit der Stechuhr nachprüfbar – du warst da. Punkt sieben.

Guten Morgen, Susanne, komm, setz dich zu mir, heute brauche ich deinen Trost. Alles dreht sich in meinem Kopf, große und kleine Politik, ich bin ganz durcheinander. Zeitungsberichte über Lateinamerika, Uruguay, ganz anders gelesen, wie einen Brief von Freunden aus einer anderen Stadt, Uruguay, Nicaragua, viel nähergerückt ist das alles seit dem Festival. Ich lese „frente amplio", und der Name hat zwei Gesichter, das der interviewten Frau und das Luiz'. Die ungeheure Verschuldung, auch die Frau hatte davon geredet, die Schulden auf die Bevölkerung ihres Landes verteilt, Tausende kamen da auf jeden einzelnen, lachhaft, wie sie die bei ihrer heruntergekommenen Wirtschaft bezahlen sollten. Wenn so etwas im kleinen passiert, daß einer einem andern alles raubt, verpraßt und darüber hinaus Schulden macht, von denen er auch noch erwartet, der Beraubte solle sie zahlen, wird von Moral gar nicht mehr gesprochen, nur noch das Strafmaß bestimmt, denn das Verbrechen liegt offen vor aller Augen. Nicaragua waren nur 350 000 Dollar übriggeblieben, um das Land wieder aufzubauen. In der großen Politik scheint alles möglich zu sein, da spielt Moral schon lange keine Rolle mehr.

Und dann der Elternabend – meine große Tochter ist grad aufs Gymnasium gekommen –, wo der Lehrer am Schluß die Eltern anbettelte: Sie besäßen so gern einen abschließbaren Klassenschrank, wenn der Schwamm erst mal abhanden gekommen sei – was so leicht passiere, da alle die gleichen Probleme hätten –, dauere es Wochen, bis ein neuer angeschafft werde. Die Eltern mögen sich bitte die Köpfe darüber zerbrechen, wie sie Schließfächer für die Kinder auftreiben könnten. So werden Eltern zu Piraten, Beutegut kapern heißt die neue Losung. Außerdem sollten sich Eltern, Lehrer und Schüler zusammentun, um kränklich dahinwelkende Schultrakte mit Farbe und Handwerkszeug wieder bewohnbar zu machen. Die Stadt schütte erst Geld aus, wenn unsere Kinder die Schule fast wieder verlassen hätten, außer sie seien unter Mörtel und herabkleckerndem Putz erstickt.

Und – alle Kinder der Klasse erhalten katholischen Religionsunterricht, obwohl nur vier katholisch sind.

Sie müssen lernen, was es mit den Sakramenten auf sich hat, obwohl über die Hälfte der Klasse ungetauft ist, aber für eine anderweitige pädagogische Betreuung ist kein Personal vorhanden, und als wir Heideneltern schüchtern protestieren, werfen uns die katholischen mit spitzem Zungenschlag Intoleranz vor. Intoleranz!

Susanne, hilf mir, ich fürchte mich. Erinnerst du dich noch an das Kinderspiel „Verkehrte Welt"? Man muß alles, was man sieht, was man fühlt, was man riecht, was man schmeckt, was man erlebt, mit Worten in sein Gegenteil verkehren. Das ist lustig, obschon oder vielleicht gerade weil schwierig, denn die Wirklichkeit ist so aufdringlich, daß es zu einer Kunst wird, eine Verkehrung zu finden, in der sie nicht noch hervorzipfelt. Ich fürchte, daß die Erwachsenen dies Spiel zu dem ihren gemacht haben, und das Schreckliche ist: Sie haben das Spielen verlernt. Alles, was sie tun, ist ernst. Sie verkehren die Welt nicht mehr nur mit Worten, sie sitzen der Verkehrung auf und handeln entsprechend. Sie verkehren die Welt. Susanne, manchmal möchte ich schreien: Wo lebe ich? Möchte Feuer legen an diesen seltsamen Theatervorhang, der als das eigentliche Spiel ausgegeben und auch noch beklatscht wird. Möchte mit Besen und Scheuerlappen und Wischwasser und Lauge – nicht ätzend, natürlich – bewaffnet in die Köpfe steigen und die verkehrten Bilder der Welt rausschmeißen, die bekleckerten Fenster putzen – warum blankwischen ausgerechnet „wienern" heißt, möchte ich auch einmal wissen – und weit öffnen. Wenn wenigstens klar gesehen würde, das wäre doch schon ein Schritt ... Schluß mit der Träumerei, Realität ist: Ich möchte aus der Haut fahren, aus diesem Mistloch, wo wir leben, irgend woanders hin, vielleicht nach Uruguay? Die Menschen dort kämpfen zumindest.

Ach, du mit deinen Samtaugen, brauner Samt mit Fransen, guck mich nicht so prüfend an. Und diesen spöttischen Mund, der übrigens immer noch aussieht, als hättest du die ganze Nacht durchgeküßt – hast du? –, kann ich überhaupt nicht leiden. Und komm mir bloß nicht mit den kleinen Brötchen, die essen immer nur die anderen, und von Geduld will ich auch nichts hören, die Geduld der einen ist immer die Macht der anderen. Und tu bloß nicht, als ob du meine Mutter wärst... Und wenn du jetzt noch abfällig grinst: Ich will alles, und zwar sofort!, werde ich großmutterzickig. Wenn wir Altweiber der Frauenbewegung nicht so rabiat unsere Ansprüche rausgeschrien hätten, hättet ihr es heute in vieler Hinsicht schwerer... na, das lass' ich besser.

Du hast heute morgen Nachrichten gehört. Der amerikanische Kongreß mache sich Sorgen um seinen Prestigeverlust unter der Jugend im westlichen Ausland. Auch in der BRD. Das sei doch was. Die Jugend läßt sich doch nicht so einfach ins Spiel „Verkehrte Welt" reinziehen. Du erinnerst mich an Moskau. Gut, der offizielle Schlagabtausch, die aufstrebenden jungen Funktionäre müssen ihren Vorgesetzten ja zeigen, daß sie nicht nur die Spielregeln kennen, sondern auch auf der Olympiade antreten dürfen, weil sie das Zeug zum Sieger haben, aber die anderen, die normalen, die waren doch nachdenklich geworden. Du erinnerst an die Gespräche beim Essen, oft acht aus unterschiedlichen Gruppen beisammen, den Erfahrungsaustausch über die Erlebnisse auf der Straße, in Diskussionszentren, in den Clubs. Weißt du noch, sagst du, die eine Juso-Frau...

Sie hatte im deutschen Club eine Kulturveranstaltung erlebt, auf der ein Sänger mit Klavierbegleitung ein Kinderlied vortrug, ein schlichtes, bekanntes. Und dann spielte er diverse Variationen, an Klassiker angelehnt. Die Juso-Frau war Musikstudentin. Ihr Gesicht fiel beim Erzählen auseinander, als erscheine ihr das Wunder noch einmal. Die sowjetischen Besucher, viele und zum Teil sehr junge Leute, brachen bei jeder Variation nach wenigen Noten schon in stürmischen Beifall aus. Sie hatten den Komponisten erkannt, sagte sie erstaunt. Siehst du, sagst du, wir hätten stunden-, wochen-, monatelang über die einheitliche zehnjährige Schulbildung in der Sowjetunion diskutieren können, wir hätten Zahlen über Buchverkauf und Bücherlesen auftürmen können, wir hätten einen stichhaltigen Vergleich zwischen den bei uns ständig sinkenden Bildungschancen und der sich planmäßig breiter entwickelnden Bildung in der Sowjetunion anstellen können, sie hätte uns im stillen einen Vogel gezeigt. Aber das da, nur so ein spontaner Beifall nach ein paar Noten Beethoven, Chopin, Bach, Tschaikowsky und wie sie alle heißen, das hat ihre Scheuklappen gelüftet. Will nur sagen, die Wirklichkeit ist stärker als die Verdrehung, man muß sie nur sehen dürfen . . .

Eine einzige Frau! Kleine Brötchen backen, ich sag's doch. Im übrigen wird schon noch jemandem oder der Frau selbst etwas einfallen, ihr zerbrochenes Bild zu kitten . . .

Erstens, wirfst du ein, kann man Bilder nicht kitten, und zweitens, Gekittetes weist Risse auf, manchmal fadendünne, aber . . .

Laß mich doch ausreden, wie wär's mit: Die Sowjetnicks waren geschickte Claqueure, handelten blind oder taub, wenn du schon so genau bist, auf Befehl. Ja, da schweigst du, was. Laß dein ironisches Grinsen!

Und lies doch mal die Zeitungsausschnitte, hier, ich fächer' dir vorher schon Luft damit zu, denn du wirst sie beim Lesen brauchen: Der Saal leerte sich beim Konzert von Udo Lindenberg – ich möchte mal wissen, warum sie sich sogar solchen Quatsch ausdenken –, denn der war zu laut, hier: Diskussionen über Afghanistan wurden abgeblockt, hier: Die Sowjets versuchen, über die Dolmetscher massiv zu manipulieren, hier: Moskaus Jubelfest, und immer wieder die Fahne, die Fahne, die Fahne, der Eklat ...

Na, da kriegst du ja endlich mal was Hartes in deine Samtaugen.

Gut, sagst du, dann wollen wir mal grundsätzlich werden, liebes Altweib. Ich war ja nicht dabei, noch nicht geboren, und du gerade erst, also auch nicht dabei, als die Weltfestspiele das erstemal stattfanden, 1947. Die alten Genossen erzählen manchmal von früher. 1951 sind sie illegal über die Grenze geschlichen, um in Berlin dabeizusein, illegal, bitte, und heute führt die Jugend von SPD und FDP und so weiter, na, weißt du ja, einen Kampf drum, daß die Bundesregierung den Aufenthalt der Delegierten beim Festival bezahlt. Mit Mitteln, die uns nicht unbedingt passen, einverstanden, ihre kraftmeierische Rolle als Sand im Getriebe des Jubelfestes war etwas sehr überzogen, aber sie führen den Kampf. Die Weltfestspiele wurden doch all die Jahre als kommunistisch gemieden und verhöhnt, und diesmal war es ein Forum, wo diskutiert und gezankt und auch unter der Tischdecke getreten wurde, aber ... hier, lies doch selbst: Auf den Diskussionsforen konnten rund zweihundert Erklärungen der bundesdeutschen Delegation abgegeben werden. Die Diskussionen seien sehr lebendig, offen und kontrovers gewesen, sagt Tilman Schmieder von der Evangelischen

Jugend, und diesmal wurde sogar über ökologische und Frauenfragen diskutiert ...

Evangelische Jugend, jetzt mach' ich mal Spottmund und Samtaugen, wo wir grad dabei sind, wie steht es denn?

Und zu den kleinen Brötchen noch mal, du hast doch einmal Philosophie studiert: Es gibt so etwas wie einen dialektischen Sprung. Jedes einzelne Brötchen zu bakken ist mühsam, aber tausend kleine Erfolge, für die du endlos brauchtest, schlagen in eine ganz neue Qualität um, und dann sprechen wir uns wieder. Du mit deinem Intellektuellenpessimismus! Bei uns im Betrieb sind wir nur wenige, klar, aber nicht ohne Einfluß ...

Du hast dich in Rage geredet, deine Augen sind wieder wie Kieselsteine, und ich würde dir gern sagen, daß du dich ruhig trauen sollst, auf der Betriebsversammlung aufzutreten, du hast Power, Frau, und Köpfchen, mich zwar nicht ganz überzeugt, aber aufgemuntert, was sich daran zeigt, daß ich die Lust am Politisieren verloren hab'. Jetzt mag ich dich allerdings nicht unterbrechen.

Da sagst du von allein, noch etwas pampig, aber deine Augen lachen schon wieder, und was die Evangelische Jugend betrifft, der hab' ich ein Büschel Glück gepflückt.

Während eures Seespaziergangs hattest du schon versucht, ein vierblättriges Kleeblatt zu finden. Du wolltest es ihm schenken. Ein Fingerzeig: Liebe mich, und ich will dir zeigen, was Glück ist ... Oder so ähnlich. Eine vergebliche Suche nach dem Fingerzeig zur rechten

Zeit. Jetzt, wo er weg ist, du dich langsam wiederfindest, einsame, gedankenwirre Spaziergänge machst, jetzt findest du ein vierblättriges Kleeblatt nach dem andern. Du versprichst dir nicht viel davon, trotzdem legst du sie mit spitzbübischem Gesicht in das dicke Buch der Neruda-Memoiren, beschwerst es mit den aus der Stadtbücherei ausgeliehenen zur Philosophie des Zen und wartest ab. Sind sie erst haltbar, starr und steif, wirst du sie ihm auf eine weiße Briefkarte kleben und schicken. Du probst Sätze, die du hinzuschreiben könntest: Pflück dir dein Glück, oder einfach nur: Viel Glück! Du beginnst, Worte zu suchen, erwägst, einen listigen Spruch des Laotse mit den Kleeblättern abzuschicken: Das Allerweichste auf Erden / überholt das Allerhärteste auf Erden. / Das Nichtseiende dringt auch noch ein in das, / was keinen Zwischenraum hat. Aber du wirst ruhiger, das, was sie im Zen die Mitte des Menschen nennen, dein Zentrum, strebt nicht mehr flügelflatternd zu ihm. Wahrscheinlich schickst du ihm die Kleeblätter ohne Kommentar. Soll er selber sehen, was er damit anfängt.

Eigenartig, daß auch du manchmal vierblättrige Kleeblätter im Überfluß findest, nicht einmal aufspürst, es ist, als sprängen sie dir in die Augen, als warteten sie nur darauf, gepflückt zu werden wie reife Äpfel. Mir geht es ebenso. Ich habe eine Philosophie des vierblättrigen Kleeblatts entwickelt, dann nämlich, wenn ich meine, eines zu benötigen, dann, wenn ich mich bewußt auf die Suche mache, ist es, als verkröchen sie sich vor mir, als wollten sie mich narren. Wenn ich aber absichtslos meinen Blick über die Wiese schweifen lasse, plötzlich, als wollten sie sich in Erinnerung rufen, geradezu aufdringlich, reckt sich mir eins entgegen, und ich muß es nur noch aufheben. Ich übersetze dies jedesmal wieder dramatische Ereignis – ein vierblättriges Kleeblatt hat mich gepflückt – als Symbol. Für das Glück, für die Liebe, für das Streben nach irgend etwas, wie du willst. Wenn ich hinterherrenne, ist es wie ein Spuk, es entfernt sich mit der Verdopplung meiner Geschwindigkeit, dann erscheint es wieder nah, ich beschleunige meine Schritte, will schon zupacken, eine Nebelbank schiebt sich dazwischen, und ich stehe wieder am Anfang. Wenn ich die Verfolgungsjagd aber aufgebe, pflichtbewußt und ruhig die kleinen notwendigen Schritte durch den Tag mache, plötzlich kommt „es" auf mich zu, reicht mir von allein die Hand. Dann ist mein Schreck allerdings oft groß, und ich weiß nicht genau, ob ich nicht dem Glück, der Liebe, dem Ichweißnichtwas hinterherrenne, um es infolge einer tieferen Wahrheit zu vertreiben, statt zu erjagen. Weil ich nämlich in dem Augenblick, wo es mir die Hand reicht, meine Hände hinter dem Rücken verschränke. Sie sind grad feucht und dreckig...

Die Verabredung mit Luiz hast du nicht eingehalten. Du hattest eine Entschuldigung, eine Karte fürs Bolschoitheater. Iwan der Schreckliche. Ballett. Es war das erste Ballett, das du sahst, und dir stand nicht unbedingt der Sinn danach, aber Bolschoitheater, das war doch etwas, das war vielleicht auch nur das eine Mal im Leben, das durfte nicht ungenutzt bleiben. Da war natürlich noch ein anderer Grund, eine Hoffnung, vielleicht auf dem Nebenplatz...

Auf dem Platz neben dir saß eine üppige Russin, deren schwarzgelockter Haarturm ihrem Hintermann die Sicht versperrte. Eine quirlige Person, die dir einen zornigen Blick zuwarf und den lauten Vorwurf „Man sollte seine Karte genau ansehen, bevor man andere Leute belästigt", als du sie zum Aufstehen genötigt hattest, dann aber feststelltest, daß dein Platz doch nicht an der Seite des alten Herrn war, der von der Frau offenbar betreut wurde, sondern neben ihr. Die dir dann aber Versöhnung anbot mit aus knisterndem Papier befreiten Schokoladenbonbons und der geraunten Bemerkung, der alte Herr habe kranke Beine, deshalb ... Sie bezog dich ein in die Erläuterungen zum Tanz dort tief unten auf der Bühne, erzählte dir die Geschichte Iwans des Schrecklichen. Keine Scheu vor den heiligen Hallen hielt sie davon ab, laut flüsternd ihres Amtes als Dolmetscherin zu walten. Du bist nicht opernhauserfahren, dir flößte der kristallfunkelnde Pomp Beklommenheit ein, dir waren ihre laut in die Musik geflüsterten Worte ein wenig peinlich, die anderen könnten sich gestört fühlen, du nahmst sie trotzdem dankbar an, vermochtest so, dem Geschehen auf der Bühne einen Sinn abzuringen. Als viele graziöse Balletteusen sich auf der Bühne einem grimmig blickenden Mann anboten, übersetzte deine Nachbarin: Der Zar soll sich eine Frau aussuchen, und er wählt eine, die aus der ärmsten Schicht stammt. Da prüftest du an seiner Stelle, welche es sein könnte. Kaum unterscheidbar alle in ein grau-fließendes Gewand gehüllt, nur eine in strahlendes Weiß, erwartetest du, daß die eine, die ärmliche, vielleicht später auf die Bühne springen würde, in Lumpen oder zumindest Arbeitskleidung mit Händen, die weniger müßig als die der anderen durch die Luft flatterten, zu spät vielleicht, weil sie vorher anderes zu erledigen hatte. Iwan erkor die Schwanenweiße, die auch die Schönste war, das erkanntest du an, aber am ärmsten wirkte sie nicht. Es war aber die Freundin eines anderen Fürsten, erklärte deine Nachbarin ein dramatisches Hin- und

Hertrippeln der Auserwählten, ihre sehnsüchtig gestreckten Arme zu dem schönen jungen Mann in einer Ecke, der sich brüsk abwandte: die Schönste immer dem Mächtigsten. Da dachtest du, na, das sind Zustände, ärmste Schicht und erst Geliebte von einem Fürsten, und jetzt tänzelt sie schon hingerissen zu dem nächsten... Die Intrigen gegen den armen Iwan nahmen ihren tänzerischen Lauf, wie du es erwartet hattest angesichts der Enttäuschung, die jenem Fürsten zuteil geworden war. Iwan und die Schöne demonstrierten gegenseitige Liebe in einem akrobatischen Tanz. Sie ringelte sich um Iwan, kauerte, schmiegte sich, war offenbar sehr verliebt.

Deine Gedanken zogen dich fort von den Tänzern, zu deinem Freund, du suchtest nach seinem Bild, es mischte sich mit den trotzig enttäuschten Gebärden des betrogenen Fürsten, du empfandst Solidarität mit der verliebten Schönen auf der Bühne, sahst dich selbst hinsinken auf ein breites Bett mit IHM und sinniertest über die Wankelmütigkeit deiner Gefühle.

In der Pause setztest du dich in eins der Buffets neben welche, die deutsch sprachen, fragtest, woher sie kamen, BRD, und welche Organisation, DGB-Jugend. Du erkundigtest dich nach ihren Eindrücken, ihrer Haltung zum Festival, irrtest mit den Augen ab, nein, er war nicht zu entdecken. Sie waren begeistert, noch nie in Moskau gewesen, ein wirklich großes Erlebnis, interessante Diskussionen in ihren Arbeitsgruppen, Abrüstung, Umweltschutz, interessante Diskussionen auch neben den offiziellen, sie würden viel Neues mit nach Hause nehmen. Wie sie denn die West-Berlin-Geschichte einschätzten? Du hättest dir auf die Zunge beißen mögen. Dumme Frage. Nur gestellt, weil deine Gedanken woanders waren. Warum mußtest ausgerechnet du darauf herumreiten. Ihre Gesichter verschlossen sich, einer murmelte, wir haben ja auch so etwas wie Fraktionszwang, ein anderer sagte, das Thema haben wir abgeschlossen, einer zog amtlichen Ernst über das Lachen, das euch vorher gemeinsam gewesen war, und wiederholte die Presseversion: Verrat der Sowjets an vorigen Abmachungen. Der, der von Fraktionszwang gesprochen hatte, fragte dich, woher kommst denn du? SDAJ. Schweigen breitete sich aus zwischen euch, du entschuldigtest dich, gingst zur Toilette.

Dein Klappsitz oben unterm Dach war nun schon vertraut. Jetzt erst bemerktest du, daß der golddurchwirkte Theatervorhang mit Lenin-Porträts gespickt war. Auch an der Wand als Krönung Lenin. Es rührte dich. Dieser Theaterpomp, und dann überall Lenin.

Den zweiten Akt verfolgtest du mit anderen Augen. Du versuchtest nicht mehr, in jeder Bewegung einen Sinn zu entdecken, ließest dich einfangen von der Musik, dem Tanz, nahmst die wilden Sprünge des Iwan als Feuerwerk, hättest „Ah" und „Oh" rufen mögen, fügtest dein Klatschen nach jedem gelungenen Sprung zu dem der andern und ließest die Bemerkungen der Dolmetscherin an deiner linken Schulter abprallen. Der Iwan war außerordentlich sympathisch, er gefiel dir, und du littest mit ihm, als seine Geliebte vergiftet wurde. Als sie sterbend sich immer noch einmal aufraffte zu kraftvollen Drehungen und Schwüngen, hofftest du, das Gift möge nicht stark genug gewesen oder die Liebe stärker sein. Und als sich deine Hoffnung als vergeblich erwies, warst du enttäuscht. Das Theater hatte seine Möglichkeit nicht genutzt, Geschehenes ungeschehen, aus Illusion Wirklichkeit zu machen. Als der Vorhang fiel, klatschtest du lange.

In einem der vielen Busse entdecktest du ihn. Der

Bus war vollkommen leer. Du lachtest ihn aus, wohl zu faul zum Klatschen, was? Nein, er hatte geklatscht, ausgiebig, aber unten gesessen, außerdem war diese Aufführung mehr Applaus nicht wert und zuviel auch schon vorweggenommen. Das war kein Ballett-, das war Zirkuspublikum, nach jedem gelungenen Sprung Ovationen, als sei es um Akrobatik gegangen. Und die Musik war eher kitschig. Für den Film „Iwan der Scheckliche" zusammengelesene Prokofjew-Ausschnitte. Eben Filmmusik. Und darüber hinaus eine überaus konventionelle Inszenierung. Du warst stumm vor Schreck. Da hattest du dich als Kunstbanausin entlarvt. Auch du hattest heftig den Tänzer Iwans nach jedem Sprung gefeiert, die Musik hattest du geradezu schön gefunden, dabei warst du doch eher kritisch hineingegangen. Du murmeltest so etwas wie „Keine Erfahrung mit Ballett, das Rumgehopse ist eh nicht meine Limo" (ein von dir aufs Festival geschneiderter Spruch, Limo statt Bier). Du erhobst dich abrupt, sagtest, frische Luft schnappen, der Bus fahre noch nicht so bald ab, stelltest dich draußen zu einer Frau, einer Dolmetscherin, die von Glück sprach, daß sie nun – zum erstenmal in ihrem Leben – das Bolschoitheater von innen gesehen hatte. Der Iwan-Tänzer sei sehr berühmt und beliebt in der Sowjetunion. Normalerweise sei es kaum möglich, Karten fürs Bolschoi zu erwischen. Sie arbeite in einer deutschen Firma in Moskau, welche, das sei doch unwichtig... Du fragtest in ihren freundlichen Redefluß hinein, ob in der Sowjetunion Applaus auf offener Szene üblich sei. Jaja, lächelte sie, das machen wir, und der Iwan-Tänzer ist wirklich sehr beliebt bei uns...

Auf der Rückfahrt warst du wortkarg. Er machte dich auf besonders eindrucksvolle Gebäude aufmerksam, zeigte sich begeistert von der Mischung aus architektonisch prächtiger Weltstadt und der leicht verlotterten Dorfatmosphäre, die sich oft unmittelbar hinter einer Prachtstraße versteckte. Er wirkte entspannt, fröhlich, begann, Witze zu erzählen, Kinderwitze...

Beim Abendessen dachtest du an Luiz. Ob du ihn vielleicht noch suchen solltest im Gewimmel vorm Hotel der Cubaner... IHM fiel deine Schweigsamkeit auf, er entschuldigte sich für sein Gemecker vorhin im Bus, er hatte da so ein Tief, manchmal überkomme es ihn, dann grabe er geradezu nach dem Negativen. Aber jetzt gehe es ihm wieder gut. Und er strahlte dich an, als wollte er dir mit den Augen den Grund für sein gutes Gefühl mitteilen. Überhaupt gehe es ihm zunehmend besser auf diesem Festival. Am Anfang sei alles so fremd gewesen, die Sprache, die Stadt, diese verwirrende Metro. Mittlerweile habe er ein richtiges Heimatgefühl, könne sich kaum vorstellen, jemals wieder woanders zu sein. Habe heute morgen eine Metrobesichtigung gemacht, einfach drauflosgefahren und an jeder Station ausgestiegen, die ihm besonders schön erschienen sei, wahres Revolutionsmuseum. Der Stolz auf dies Bauwerk sei gerechtfertigt. Und die Sorgfalt, mit der alles saubergehalten würde, kein Rauchen, kein Eis, kein Abfall... Und überhaupt keine Wartezeiten, den ganzen Tag über Zug auf Zug, davon könnten sie in München nur träumen. Er sei sehr beeindruckt von dieser Stadt. Und trotz der Menschenmengen, trotz der Geschwindigkeit der Beförderung wirke alles viel ruhiger, viel gelassener, um nicht zu sagen lässiger als in unseren Städten. Er finde sich auch schon mühelos zurecht, beherrsche bereits das Schriftbild der Metrostationen, auf die es ankomme, außerdem seien alle Leute ungeheuer freundlich und hilfsbereit, und was hier an Literatur konsumiert werde, davon könne man als Lehrer zu Hause nur träumen... Nein, es gehe ihm gut hier, sogar das Hotelzimmer finde er traulich, den weiten Blick auf die Hausdächer habe er geradezu liebgewonnen, von Heimweh keine Spur. Das war in den ersten Tagen schon anders, da habe er manchmal die vor ihm liegenden zehn Tage wie eine scheinbar endlose Wüste ohne Oase vor sich gesehen und sich sogar ein wenig gefürchtet.

Eine Oase bist aber auch du, vielleicht sogar die Oase... Du beugtest dich tief über deinen Teller, wichst seinem Lächeln aus, wolltest nicht wieder eintauchen. Tiefenangst. Spöttisch sagtest du: Hätt' ich ja von dir nicht gedacht, du gerätst ja richtig ins Schwärmen!

Ja, stimmte er fröhlich zu, wo was zu schwärmen ist, soll der Mensch nicht an sich halten, übrigens, hat dir schon mal jemand gesagt, daß du schöne Augen hast?

Er schlug dir einen Kneipenbummel vor, durchs Hotel. Eine Limo hier, eine Cola dort, einverstanden? Du zögertest, ach, du würdest Luiz jetzt doch nicht mehr finden. Einverstanden.

Erster Hafen die Bar im Erdgeschoß, durch rötliche Lampenschirme auf den Tischen in schummrig-schwüles Licht eingebettet. Laute Discomusik zwang zur Erprobung der Stimmbänder. Du fühltest dich wie Himbereis, süß, kühl und irgendwie unwirklich. Dir war, als sauge sich dein Bauch mit Lachen voll, eine Gewitterwolke voll Lachen, die dich hochtrug und leicht und vergänglich machte. Du stelltest die Frage, die du bisher nicht gewagt hattest, weil sie deine mangelnde Bildung entlarvte. Was ist eigentlich Zen? Du hattest Abwehr befürchtet: Das ist schwierig zu erklären, vor allem wenn das Gegenüber keine religionsphilosophische Bildung vorweisen kann – oder gönnerhaft auf leichtverständlich getrimmtes Wissen, dir vorgekaut hingeworfen, weil dir die Fähigkeit des Kauens nicht zugetraut wurde. Er zierte sich keine Sekunde, schien froh über die Frage. Als hätte er ohne sie nicht gewagt, dich damit zu behelligen. Der Strom seiner Worte floß wie das Wasser, wenn die Schleuse geöffnet wird.

Zen ist alles und nichts, begann er und lachte. Dummer Spruch, was, aber Zen besteht aus vielen dummen Sprüchen. Sie sind allerdings nur für den dumm, der so erzogen ist wie wir. In der abendländischen Tradition ist ein Gott unfehlbar. Fast mathematisch nachprüfbar, er herrscht, belohnt, bestraft. Unter seinen wachsamen Augen jedoch brachten sich Menschen millionenfach und auch noch mit seinen eigenen Losungen auf den Lippen um. Abendland heißt: gut oder böse, wahr oder gelogen, falsch oder richtig, schwarz oder weiß. Die Zen-Sprüche sind paradox, weil die Wahrheit als unvollständig angesehen wird, mit Widersprüchen behaftet. Im Zen gibt es auch nicht so etwas wie unseren versteinerten Gott, Zen ist nicht Routine, deshalb findest du auch keinen Zen-Meister, der genauso lehrt wie ein anderer. Der Spruch: Wenn du Buddha triffst, erschlag ihn, entspricht dem. Mich hat in der Pubertät – da bin ich auf Zen gestoßen – die Mischung aus Hart-mit-sich-selbst-Sein und Nachgeben fasziniert. Zen sind viele Geschichten, zum Beispiel: Kommt einer zu einem Meister und fragt: Was soll ich tun, um mich vor der Angst beim Gewitter, die mich furchtbar erschreckt, zu befreien? Antwort: Laß dich erschrecken! Davon gibt es viele. Zum Beispiel auch: Ich werde förmlich ausgehöhlt von der unglücklichen Liebe zu einer Frau. Was soll ich tun? Liebe sie, laß dich ausfüllen von dieser Liebe, leide, wehr dich nicht dagegen.

Die andere Seite ist: Sei ständig wachsam, klar und bereit, sei hart mit dir selbst, vergib dir nichts.

Ich hab' als Dreizehnjähriger von einem etwas verrückten Onkel eine Buch über Za Zen geschenkt bekommen. Za Zen ist die Meditationsübung des Zen. Mehr aus Entdeckungslust hab' ich die Übungen sofort in die Tat umgesetzt. Also, du setzt dich ruhig hin im Lotossitz, beide Füße auf dem jeweils anderen Oberschenkel abgelegt, ja, das kann ich heute noch, und meditierst. Das heißt, du denkst an überhaupt nichts, aber unterbindest auch keine Gedanken, du läßt die Gedanken fließen. Die Haltung erfordert große Aufmerksamkeit. Die Wirbelsäule muß ganz gerade gehalten werden, die Augen sind geöffnet und ohne Anspannung auf einen Punkt am Boden gerichtet, der sich etwa in einer Entfernung von einem Meter befindet. Die Knie sind fest im Boden verankert. Du mußt ständig da, völlig wach sein.

Die Geräusche um euch herum verschmolzen zu einem Brausen, das seine Worte untermalte. Er hatte seinen Vortrag mit sparsamen Gesten geschmückt, einzig seine Augen richteten sich außer den Worten an dich. Du hattest still zugehört, seine Augen allerdings machten dich verlegen, da war ständig etwas neben den Worten, das sie dir sagten.

Und wozu soll das alles gut sein? Deine Stimme klang schroffer als beabsichtigt.

Er lachte übermütig auf. Zu nichts. Zu überhaupt gar nichts. Du sollst üben, um zu üben. Du hältst dich gerade, um dich geradezuhalten, nicht gebeugt wie ein Bettler. Du konzentrierst dich auf die Übung, um dich auf die Übung zu konzentrieren. Doch – vielleicht ist es zu einem gut: Du lernst, ohne dich zu sein, während du mit dir bist.

Das ist mir zu hoch...

Mir auch! Sein Lachen war noch fröhlicher geworden. Er sprang auf, komm, laß uns gehen, hier ist es zu laut. Er faßte dich leicht am Ellenbogen, und du dachtest, ohne mich sein, das zumindest ist mir hier ab und zu passiert, aber wenn du weg bist, mein Lieber, und ich zurück, dann pass' ich besser auf, daß ich mir nicht weiter verlorengeh'. Und so was auch noch üben...

Zweiter Anlaufhafen: das Buffet im 12. Stock. Hier war es nüchterner, ähnlich einer Kantine. Abfütterung zwischendurch. In einer Ecke lief einsam der Fernseher. Festivalimpressionen, Interviews im Frauenzentrum zogen deine Aufmerksamkeit an. Fasia, die farbige Sängerin aus dem Kohlenpott, grad frisch von der Weltfrauenkonferenz in Nairobi nach Moskau gekommen, verglich die Situation der Frauen in der Bundesrepublik mit der in der Sowjetunion. Dort zurückgetrieben wie eine Herde Schafe an Heim und Herd, finanzielle Abhängigkeit vom Mann, schlechte Ausbildung und hohe Arbeitslosigkeit, hier verwirklichtes Recht auf Bildung und Arbeit für alle. Eine Amerikanerin malte das von Fasia grau entworfene Bild der westdeutschen Frauen für ihr Land in noch dunkleren Farben aus. Du dachtest an deinen Arbeitsplatz daheim, welche Fragen dich dort wohl erwarteten, du wußtest nicht, ob du alle Antworten bereit haben würdest.

ER, beladen mit Würstchen, Keksen und Limonade, kam an den Tisch, wo du dich nun mit dem Rücken zum Fernseher setztest. Es war verraucht im Raum, deine Augen brannten, eine Decke von Müdigkeit legte sich über deine Schultern. Er biß in die Wurst, schob dir auffordernd den Teller zu, wirkte erfrischt nach diesen Tagen in Moskau. Du fragtest nach dem Grund für seine Munterkeit.

Oh, es gehe ihm hier einfach gut, und dann seist da ja noch du. Er legte seine vom Würstchen klebrigen Fingerspitzen auf deine Hand, fügte leichthin an: Meine Einstellung zu dir hat sich irgendwie sehr geändert...

Dir wurde kalt. Du wurdest rot vor Verlegenheit. Du wurdest geschwätzig und fühltest dich ziemlich dumm. Du hattest Angst, er könnte weiterreden, und wünschtest zugleich, er möge es tun. Du plappertest drauflos. Von deinem Freund, er besuche die Fachoberschule für Elektrotechnik, er sei ebenso alt wie du, er liebe dich sehr, obwohl du... Was konnte er nur gemeint haben damit, seine Einstellung zu dir habe sich geändert? Fand er dich jetzt doch toll? Wollte er jetzt doch eine Liebesbeziehung zu dir? Was konnte er nur gemeint haben?

Du hörtest dich über andere Männer erzählen, aus dem Büro, vom letzten Urlaub, die sich alle für dich interessierten, du berichtetest amüsiert über ihre Eroberungsversuche, spöttisch, souverän. Du wurdest immer verlegener. Warum verhältst du dich nur so? Er lächelte dich an, fragte nach, erkundigte sich nach der Atmosphäre in deiner SDAJ-Gruppe. Du fingst dich wieder, wurdest sachlicher, berichtetest über Aktionen, aber immer noch bist du die Hauptperson, um die sich alle andern und alles andere dreht. Du wußtest nicht mehr, wie zu stoppen. Wie eine weiße Maus, die das Tretrad einmal in Schwung gesetzt hat und nun weiterlaufen muß, weil sie im Drehkreis mittendrin ist. Der Zeitpunkt für die Frage: Wie meinst du das? war vorbei, vergangen, vertan. Wahrscheinlich hatte er diesen Satz nie ausgesprochen, du hattest ihn dir nur gewünscht und eingebildet. Du fühltest dich dumm und unglücklich. Zogst die Schultern hoch. Deine Ohren glühten. Sagtest, ich bin müde, bleibst du noch hier?

Er begleitete dich zum Zimmer. Wie gehabt eine Umarmung. Diesmal allerdings bliebst du wie ein Holzbrett, küßtest nicht zurück. Er ließ dich schnell los.

Das Bild seiner Augen ließ dich nicht los. Du sahst es immer vor dir. Du warst erstaunt über die Zärtlichkeit, von der sie dir etwas sagen wollten, anscheinend. Du führtest alles auf deine Sehnsucht zurück. Einbildung alles. Bilde dir bloß nichts ein! Du wendetest seinen Satz: Meine Einstellung zu dir hat sich geändert, wie eine zu teure Jacke, die du dir nicht leisten, von deren Anblick du dich doch auch nicht trennen kannst. Du klopftest den Satz Wort für Wort ab, „irgendwie sehr" hatte noch hinzugehört. Irgendwie. Ja, wie denn bloß, um alles in der Welt. Du wurdest zornig: Unverschämt, rücksichtslos, gemein, einem andern einen solchen Satz hinzuknallen und dann damit allein zu lassen. Aber du warst es doch, die sein Weitersprechen verhindert hatte. Du wurdest zornig auf dich selbst. So schliefst du ein.

Gestern ist dein Freund zurückgekommen. Braun war er, ein durchlüfteter Körpermensch. Auch er hatte sich mit seinem Freund spontan zu einer Fahrradtour entschlossen, am Rhein entlang, wie er es sich schon als Junge gewünscht hatte. Wünsche soll man sich erfüllen, hatte er dich angelacht, als gäbe es nichts Trennendes zwischen euch. Und was wünschst du dir?

Dann war aber er es, der dich um ein ernstes Gespräch bat. Er habe nachdenken können. Er schlug einen neutralen Ort vor, nicht so beladen mit Erinnerungen und eurer Geschichte wie die Wohnung. Laß dich mal von mir ausführen! Im Restaurant brannten Kerzen auf den Tischen, es summte von Menschen, trotzdem gab es wie für euch reserviert in einer Nische einen freien Tisch. Du wundertest dich, woher er das Restaurant kannte. Gemeinsam wart ihr noch nie dort gewesen. Er lächelte geheimnisvoll. Alles weißt du von mir eben doch nicht.

Dir war beklommen zumute. Wie bei einem ersten Rendezvous mit einem fremden Mann. Er erschien dir auch älter, erwachsener als der große Junge, mit dem du zusammenlebst. Er ließ das Schweigen zwischen euch nicht zu einer Mauer wachsen, legte entschlossen auf den Tisch, was er dir an Ergebnissen seines Nachdenkens mitgebracht hatte. Er sprach von Trennung.

Du schlucktest. So endgültig? fragtest du. Muß denn das sein?

Vorsichtig, er wollte dich nicht verletzen, merktest du und fühltest dich von ihm angezogen wie schon lange nicht mehr, suchte er nach Worten, um dir zu erzählen, was in dem letzten Jahr, vor allem in den allerletzten Monaten, in ihm vorgegangen war. Auch er war von kurzen, heftigen Sehnsüchten nach anderen Frauen überwältigt worden, hatte zumeist abgeblockt, manchmal aber ausprobiert, ob er „Chancen habe". Einmal war es zu einer dreiwöchigen verstohlenen Beziehung gekommen, die er abbrach, sobald er sich eingestehen mußte, daß er bei der Frau mehr Hoffnungen geweckt hatte, als er einzulösen bereit war.

Dir wurde elend im Magen, du zwangst dich, einige Bissen zu kauen, ließest die Gabel schon beim zweiten Happen sinken. Warum er dir das nie erzählt habe.

Er wollte dich nicht verlieren. Er verfluchte sich, wenn es ihn wieder erwischt hatte. Er interpretierte sein Verhalten als Männergier. Er hatte sich geschämt und befürchtet, du würdest ihn verlassen, wenn du davon erführest.

Aber du hattest ihm doch immer erzählt, wenn du durch andere Männer verwirrt warst.

Da hatte er nie dir die Schuld zugewiesen, immer den anderen Männern. Auch da sei er von Angst wie besessen gewesen, du könntest ihn verlassen, er habe es immer als Kampf um dich begriffen. Er oder der andere. Erst diesmal, wo der andere offenbar überhaupt nicht um dich kämpfen wollte, du dich ganz allein in deinen Sehnsüchten verloren hättest, sei ihm ein Licht aufgegangen.

Wir haben beide Sehnsüchte, die in unserem Zusammenleben nicht befriedigt werden. Und dann wachsen sie uns über den Kopf.

Du widersprachst schnell, bevor er das schlimme Wort Trennung noch einmal auf den Tisch legen konnte, wischtest es schon vorher fort mit Ausführungen über eine realistische Einstellung zum Leben, also auch zur Liebe und zum Zusammenleben. Kein Mensch könne einem anderen alle Sehnsüchte stillen, Menschen seien schließlich keine Abziehbilder, aufeinandergepackt schauten immer noch Ecken heraus, bei beiden, das wüßte er schließlich auch.

In dir raste ein Film ab, eure ersten Treffen mit dem Fahrrad an der Straßenecke, die Ausflüge zur Braunkohlengrube, die im Sommer als Schwimmbad diente, euer erster Kuß, die Pläne, zusammenzuziehen, eure ersten gemeinsamen Einkäufe, die Decke, die ihr getrennt aus Stoffresten zu nähen begannt, um sie schließlich in der Mitte zusammenstoßen zu lassen und durch eine endgültige Naht zu vereinen. Eure Decke, die seitdem euer Doppelbett ziert. Eure Vorstellungen von einem gemeinsamen Leben, solidarische Genossen, später würden Kinder hinzukommen, du würdest weiterarbeiten, ihr würdet beweisen, wie Mann und Frau gleichberechtigt und in Liebe zusammenleben könnten. Das sollte jetzt alles vorbei sein? Die Bilder überschlugen sich, Weihnachten abwechselnd bei seinen und deinen Eltern, eure verschlungenen Hände auf den hinter euch gelassenen Elternsofas, gemeinsame Demos, Lachen, gerunzelte Stirnen, geteilte Hilflosigkeit und verdoppelte Kraft, sie zu überwinden bei der Erstellung des ersten Flugblatts, damals, noch in der Schule.

Und das soll jetzt alles vorbei sein?

Er beantwortete deine Frage, von der du nicht wußtest, ob du sie laut oder nur für dich gestellt hattest.

Nichts würde jemals vorbei sein. Nur eins, eure Kinderzeit. Als du so verändert aus Moskau zurückgekehrt seist, habe er eine Angst gehabt, eine Angst, die sich über ihm auftürmte, immer größer wurde, ihn zu verschlucken drohte. In der Nacht, als der andere anrief, habe er das Gefühl gehabt, an der äußersten Spitze eines Felsens zu stehen, vor ihm nur Abgrund, ein Schritt weiter, und er wäre hinuntergestürzt. Das war eine Angst vor dem totalen Nichts.

Diese Angst kannte er, hatte sie bereits zweimal erlebt. Das erste Mal erinnerte er nur vage, aber diese Angst von damals, ins Nichts zu fallen, kam ihm wieder hoch, als er vor zwei Wochen – oder waren es drei – am Fenster stand, dich nebenan telefonieren wußte und draußen alles dunkel war.

Er war fünf Jahre alt, als sein Bruder geboren wurde. Eigentlich doch neun Monate angekündigt, war es wie ein Überfall, ein plötzlicher Raubüberfall auf die Mutter, als sie ihm mitteilte, jetzt geht es los, ich rufe die Oma an, die ist gleich hier, du mußt ganz kurz nur allein sein, ich rufe ein Taxi, das bringt mich ins Krankenhaus. Bald hast du dein Geschwisterchen, freust du dich schon? Er hätte sich an sie krallen mögen, schreien, geh nicht fort, was willst du mit einem Baby, du hast doch mich. Er hatte sich verraten gefühlt, im Stich gelassen, er hatte seine Mutter gehaßt, weil sie ihm das antat, und er hatte sie so wahnsinnig geliebt, daß er alles getan hätte, wenn sie nur nicht in dieses boshafte Taxi gestiegen wäre. Auch damals allerdings handelte er schon im Bewußtsein, ein kleiner Mann zu sein und kein Baby mehr. Nur Babys und dumme Puten weinen und schreien und krallen sich an ihre Mutti. Er hatte geschluckt und seiner Mutter stumm die Wange hingehalten, als sie ihn zum Abschied umarmte und „Mein großer Junge" sagte.

Das zweite Mal hatte er das Gefühl, als klaffte die Erde plötzlich vor ihm auf und er könnte nur hineinstürzen in einen dunklen, tiefen Schacht ohne Halt und Wärme, als seine Großmutter gestorben war. Es war nicht der Tod der Großmutter, der so sehr schmerzte, obwohl er sehr an ihr gehangen hatte, es war die Trauer der Mutter, die sie von ihm fortriß, als ginge sie mit ins Grab. Und es war auch seine Angst, wer alles von diesem dunklen Loch, in dem die Erdklöße dumpf an etwas klopften, noch verschluckt würde. Da war er schon dreizehn und folgte seines Vaters Aufforderung, „Wir müssen Mutti jetzt alle trösten", indem er täglich schweigend neben ihr den Abwasch erledigte. Bald darauf lernte er dich kennen und mit dir die Liebe, die erste, die größte, die einzige.

Auf seiner Radtour am Rhein entlang seien ihm manchmal seltsame spontane Einfälle wie Erkenntnisse aufgestiegen. Er sei beispielsweise einen ganzen Tag lang mit der Idee herumgeradelt, er habe sich mit dir über die unglückliche, enttäuschte Liebe zu seiner Mutter getröstet. Dich an die Leerstelle seines Herzens gesetzt und noch nicht einmal abgewartet, bis die Mutter ganz verschwunden war, so daß an den Rändern eure Bilder verschmolzen. Er hatte sich beglückt gefühlt von dieser Vorstellung, denn sie hatte seinen Schmerz deinetwegen gemildert. Am nächsten Tag stellte er aber fest, daß er Kilometer auf Kilometer auch diese Erkenntnis hinter sich ließ. Es war doch alles noch viel komplizierter.

Ihr saßt vor der Kerze, die sich in den Tränen widerspiegelte, die ihr in euren Augen festhieltet. Da lachte er dich an, und eine Träne löste sich und tropfte auf deine Hand, die auf seiner lag.

Ich bin jeden Morgen mit einem neuen Lied im Kopf aufgewacht, das war komisch, stell dir das vor. Zuerst „Hey, jude", dann „Hänschen klein", das mußt du dir nur mal vorstellen, einen Tag lang hab' ich „Hänschen klein" gesummt, dann, wart' mal, hab' ich vergessen, irgendwann „Immer wieder aufstehn, immer wieder sagen, es geht doch", gab irgendwie Power, und gestern hatte ich Klaus Lage im Ohr: Ich fühl' mich wie Unkraut, du reißt mir die Wurzeln aus, und dann aber nur noch den Refrain gesummt: Sag dir, ist vorbei, Mann, fang neu an. Fang neu an!

Neu anfangen!

Du schütteltest den Kopf, konntest nicht reden, jetzt liefen die Tränen doch.

Ihr gingt dann bald, hattet die vollen Teller zurückgehen lassen, den Kopf gesenkt bezahlt, den bekümmerten Blick des Kellners nicht aufzuhellen vermocht. Das Reden fiel schwer.

Ihr zogt gemeinsam die Decke, mit der ihr euch in der Mitte getroffen und verbunden hattet, vom Bett, saht euch wehmütig und ängstlich an – und lachtet.

Die Situation war auch gar zu theatralisch, erzähltest du mir, da zipfeln wir von zwei Seiten an unserer Decke rum, er steht auch noch an der, die er fabriziert hat, die Decke selbst ist Sinnbild romantischer Verliebtheit, und haben während des Abends so vertraut miteinander geredet, wie es wahrscheinlich nur drei, vier Paare in der Stadt tun, heulen während des Nachhausewegs ohne Unterbrechung – und ohne Taschentuch –, denken vor Elend, die Welt müßte untergehen – und reden von Trennung. So ewig und unverbrüchlich wie vorher die Liebe sollte jetzt das Ende sein...

Ihr lachtet viel Kummer in die Luft, legtet euch gemeinsam ins Bett, schmiegtet euch dicht aneinander, hieltet euch mit den Armen gegenseitig geborgen, und ein wenig Kindervertrauen zog wieder bei euch ein.

Am Morgen allerdings, sagtest du, war alles klar. Ihr mußtet erwachsen werden. Ich hattet beide genug begriffen. Ihr hattet euch wiedergefunden. ER stand nicht mehr dazwischen als drohende Figur, beim Frühstück war alles fast wie immer, liebevoller noch, vertrauter, aber du wußtest genau, ihr wart gerade dabei, Faden auf Faden aus dem Knoten zu lösen, der euch aneinanderband.

Du riefst in deiner Firma an, du seist krank, und fuhrst zu mir. Du hast Glück gehabt, daß ich an der Schreibmaschine saß, mit dir beschäftigt, und nicht grad einkaufte oder meine kleine Tochter von der Schule abholte oder oder... Es klingelte, ich öffnete, du japstest, als du die vielen Stufen zu meiner Himmelwohnung hinter dich gelegt hattest, wir fielen uns nicht in die Arme.

Darf ich reinkommen?
Komm rein.
Ein Kaffee und deine Geschichte.
Ich weiß nicht, ob ich froh sein oder abwehren soll.
Du warst mir entglitten in den letzten Tagen, wir hatten kaum noch miteinander telefoniert, jeden Abend Sitzung, hattest du dich entschuldigt, aber Entschuldigungen verstehe ich immer schon als Ausdruck einer Entfremdung, außerdem stahl sich ein Stocken in unsere Gespräche an meinem Frühstückstisch, in die phantasierten, meine ich jetzt. Du wurdest wortkarg, und ich, meiner Tendenz zum Drängen und Psychobohren angesichts eines geizigen Gegenübers nur allzu bewußt, rauchte zuviel. Da hatte ich deine Liebesgeschichte als bunten Aufkleber auf den Hintergrund der Weltfestspiele setzen wollen, und bevor ich fertig war, distanziertest du dich schon wieder.

Ich kann mir sein Gesicht nicht mehr vor Augen führen, es franst an den Rändern aus und verwischt in der Mitte, ich fürchte, wenn ich ihn wiedertreffe, lauf' ich an ihm vorbei...

Ich weiß nicht genau, ob ich mir Liebe nicht nur eingeredet habe, weil ich einen Halt brauchte in dem ganzen Rummel, vielleicht war ich auch zu einsam...

Vielleicht ist da eine Leere in mir, die zu Hause immer mein Freund füllt, und wenn ich ohne ihn bin, brauche ich einen andern, nur um der Leere aus dem Weg zu gehn...

Ohne große Betonung gesprochene Distanzierungsversuche, ausgesparte Höhen und Tiefen in der Stimme. Ich lachte. Klingt wie eine amtliche Pressemitteilung.
Mein Zustandsbericht unterblieb. Auch ich wollte dich nicht verlieren mit meiner Distanzierung.

Habe ich mir nicht eine Vorstellung von dir gemacht, die sich nun als Hindernis erweist, dich wirklich zu begreifen? Bin ich nicht einer selbstfabrizierten Fata Morgana aufgesessen? Ist mir nicht ein Mißgeschick passiert, gleich dem, der mit einer Unbekannten am Telefon spricht, sich ein Bild macht und bei einer Begegnung der Wirklichkeit nicht glauben will, weil sie ihn enttäuscht? Ich bin enttäuscht von deiner schnellen Distanzierung zu IHM, die auch eine zu dir ist – so begreife ich es, weil ich dir deine Gefühle zugeteilt habe. Im Gegensatz zum enttäuschten Telefonierer ist mir aber kein Mißgeschick zugestoßen, denn ich habe an der Schreibmaschine bewußt und zielstrebig nach deinem Bild gesucht. Es ist mein eigenes Versagen, von dem ich mich bedroht fühle. Wenn ich jetzt enttäuscht bin von deiner sparsamen Emotionalität, von deiner Distanz, bin ich enttäuscht, weil es nicht in mein Bild, nicht in meine Geschichte paßt. Bin ich enttäuscht, weil mein Bild falsch ist?

Das Schreiben wurde mühsam, ich wußte nicht mehr weiter, spielte in Gedanken mit dem tragischen Ende eines Feuertodes, nicht dem der Heldin, sondern der papiernen Geschichte, zwei Tage habe ich ausgesetzt mit Schreiben, bin wie du viel spazierengegangen, fand aber kein vierblättriges Kleeblatt...

Nun stehst du vor meiner Tür, und ich weiß nicht, ob ich mich freuen oder mich wehren soll.

Beginnt hier vor meinen Augen deine nächste Geschichte, bevor ich meine, deine Geschichte zu Ende geschrieben habe, oder muß ich dich, die mich jetzt als Vertraute anspricht, sorgfältig in zwei Stücke schneiden: eine literarische Figur und eine, mit der eine Freundschaft beginnt? Und soll die literarische Figur die Wurzeln für ihre Weiterentwicklung in der Freundschaft finden oder die Freundschaft ihre in der Auseinandersetzung auf dem Papier?

Taten sind zum Glück meist gerader als Gedanken, die sich schon arg verknäueln können. Du saßest in meiner Küche, wir tranken Kaffee, genauso, wie ich es mir oft vorgestellt hatte, und du erzähltest. Wir wurden immer fröhlicher, obwohl dein Thema dazu im Grunde keinen Anlaß bot. Trotzdem. Wir fingen an, Witze über eure seit Jahren ersparte Aussteuer zu machen: Beim emanzipierten Brautpaar spart auch der junge Mann ab fünfzehn für die Hochzeitsschuh. Aber es hat ein Gutes: Beim Auseinanderziehn gibt es keine Gütertrennungsschwierigkeiten. Seine Aussteuer ihm, deine dir. Was würdet ihr mit der Decke machen? Wir entwarfen Alternativen: eine Nacht du, eine Nacht er, oder wochen-, jahres-, monatsweiser Wechsel. Oder der, der das große Bett behielte – wer hatte denn das erspart –, behielte gleichfalls die Decke, von wegen der Harmonie. Oder die Ausgleichsvariante: der eine das Bett, der andere die Decke. Oder die Variante Freiheit-Gleichheit-Brüderlichkeit-Schwesterlichkeit: jeder das halbe Bett und die halbe Decke.

Da fingst du an zu weinen.

Ich konnte dich in den Arm nehmen und ruhig weinen lassen, ohne daß mich die Angst plagte, mein Bild von dir zerspringe in lauter Scherben.

Absurd, diese Angst. Genährt aus dem Zwang, unwiderrufliche Bilder zu erstellen, was ich doch ablehne, da Leben Prozeß ist und Bilder also nicht statisch sein dürfen, es sei denn, sie spiegelten den Tod. Und selbst der stellt sich dar als Prozeß der Verwesung. Als du nun neben mir auf meiner kleinen Küchenbank saßest, so ein warmes Schütteln in meinen Armen, kam ich mir selbst auf die Schliche. Vermeintliche Bewegung einfangend, war meine Suche nach dir eine Suche nach Halt in meinem Leben. Nicht in mir selbst, aber im positiven anderen, das ich durch Erfahren mir einverleiben wollte: kämpferisch, unbeirrbar, mutig und klar im klärenden Prozeß, eine Frau mit Power und starken Gefühlen, die sie auch äußert. Das Bild für den Rahmen gesucht und nicht gefunden.

Jetzt sitzt du hier neben mir auf meiner kleinen Küchenbank, eine neue Geschichte beginnt, bevor ich deine alte aufgeschrieben habe, und du kennst nicht einmal die Überschrift. Kann lauten: Junge Frau zum ersten Mal allein, kann lauten: Junge Frau erkennt nach Wirren die Werte ihrer Beziehung und kämpft darum, kann lauten: Junge Frau findet unerwartete Liebe, kann auch lauten: Bevor eine alte Geschichte zu Ende geschrieben ist, wächst daraus etwas ganz Neues...

Kann es so lauten? Hältst du es für möglich, daß er nach seinem Klärungstermin mit dieser verheirateten Frau sich doch auf dich einläßt? Jetzt wärst du doch frei für ihn?

Das sind vielleicht Großmuttervorstellungen, die du hast, grinst du mich mit deinem Tränengesicht an. Hast du einen Schnaps?

Hab' ich, aber wieso Großmutterideen?

Die große Liebe auf den Weltfestspielen, was? Und dann kommt Frau nach Hause, trennt sich dramatisch von ihrem Mann, der heißgeliebte andere schafft auch Klarheit und – Schlußbild: Beide sinken ins Kornfeld, tiefstehende Sonne streicht durch die Ähren, die sich wiegen wie Engelshaar, irgendwo versteckt zwischen den lebenspendenden Halmen... na, was machen die beiden da, das muß sich der geneigte Konsument von schönen Geschichten denken.

Du solltest Filme machen...

Du hast etwas begriffen. Du wirst den Kampf um den Erhalt deiner Beziehung nicht führen, du wirst dich auch nicht auf die Suche nach einer tröstenden Liebe machen, du wirst IHN nicht benutzen, um die Leerstelle zu besetzen. Du wirst aber auch nicht die große Schere nehmen und den harten Schnitt vollziehen. Du entscheidest dich für keine der Überschriften, willst erst einmal herausfinden, was passiert, wenn du dir selbst Lebensgefährtin bist. Die Leerstellen erst einmal kennenlernen ...

Komm, laß uns an etwas Schönes denken! Wie wär's mit der Abschlußveranstaltung im Lenin-Stadion? Mir hat sie viel besser gefallen als der Pomp vom Anfang. Da war Witz, Kindlichkeit, Leichtes. Der Zirkusaufmarsch, die Pferde, die Riesenpuppen, Akrobatik am Trapez und auf dem Seil – und Ballett! Simultan auf vielen Flecken verteilt über das riesige Stadion Ballett zum Schwanensee. Alles war leicht und wunderschön ...

Ob die Erinnerung so schön ist, weißt du gar nicht, du hast alles nicht so genau mitbekommen, warst mehr mit IHM neben dir beschäftigt, mit dem Abschied, der immer näher rückte, deinen Überlegungen, ob du es heute einfach drauf ankommen lassen solltest. Wie verführe ich einen Mann?

In meinem Bus waren keine Eintrittskarten ausgeteilt worden. Wir sahen uns schon draußen stehn. Schließlich erbarmte sich die blonde Dolmetscherin unser, rief, wir sollten ihr folgen, eine Gaukleraufgabe, vor die sie uns stellte. Wir mußten Habicht, Schlange und Elefant zugleich sein, um sie in diesem Menschengewühle nicht aus den Augen zu verlieren, uns hindurchzuwinden, immer quer durch den Strom, uns dagegen anstemmend, da er uns fortschieben wollte. So umrundeten wir fast das Stadion, denn ein Hüter der Einlaßtore schickte uns zum nächsten. Schließlich japsend Platz gefunden, entdeckten wir, daß alle außer uns Lunchpakete bei sich trugen. Doch ohne Eintrittskarte kein Lunchpaket. Wir trösteten uns mit Cola, in die irgendwer irgend etwas hineinschüttete, das er „irgendwo aufgetrieben" hatte, und nicht nur die Schlußveranstaltung war leicht und lustig, auch wir. Bier, Wodka, Festival! riefen wir allerdings nur einmal in die allgemeinen Freundschaftsgrüße. Und es hat wohl auch niemand gehört...

Du wurdest wieder einmal in eine politische Auseinandersetzung geschubst. Und wie immer erwartete man von dir, dem Bild zu entsprechen, das sich die Kritiker alles Sozialistischen von dir als SDAJlerin machen: Du sollst alles verteidigen. Vor drei Tagen schon war der Rote Platz gesperrt worden, angeblich zu Reinigungszwecken, daß man nicht lache. Du warst stumm vor Schreck. Dachtest an die Nacht mit Luiz.

Er hatte einige Male angerufen, deine Entschuldigung für die geplatzte Verabredung noch verständnisvoll entgegengenommen, nicht aber alle weiteren, die abermalige Treffen verhinderten. Er hatte seine Enttäuschung nicht verborgen, war beharrlich geblieben, du hattest dich nicht einmal richtig von ihm verabschiedet.

Wieso wußtest du nichts von der Absperrung des Roten Platzes? Hattest du morgens bei den Beratungen nicht aufgepaßt, weil du an IHN dachtest? Du schämtest dich für dein Unvermögen, über alles informiert zu sein, worauf du angesprochen wurdest, aber auch für die Absperrung, falls sie wirklich stattgefunden hatte. Reinigungszwecke? Das konntest du nicht glauben. Bei

Besuch putzt man vorher und nachher, aber nicht, während er sich in der Wohnung aufhält. Du fragtest vorsichtig nach. Das Blasorchester „Dicke Luft" aus Köln hatte sich angeblich vor dem Lenin-Mausoleum postiert, um eine spontane Open-air-Vorstellung zu geben. Gute Idee, doch, was? Vor dem Lenin-Mausoleum? Hatte das Blaskonzert stattgefunden? Nein, abgeräumt, wegen Verunglimpfung heiliger Stätten. Höhnische Mundwinkel. Du tastetest dich an eine Argumentation heran. Was sie denn sagen würden, wenn die SDAJ in ihre Kirchen drängte, um vorm Altar die Internationale zu singen? Kein Vergleich! Doch, ein Vergleich. Das Lenin-Mausoleum, die Gräber dahinter, das sei den Sowjets heilig. Wenn du eine Moschee besuchst, paßt du dich auch den Bräuchen an, auch wenn du den Glauben nicht teilst. Man müsse doch fremde Gefühle respektieren ...

Du hattest ihnen gegeben, was sie verlangten. Klar, ihr Kommunisten, ihr verteidigt auch noch das Klopapier im Sozialismus!

Er hatte deinen hilflosen Blick bemerkt, wies die andern scharf zurück. Sie fielen ja wie die Geier über dich her, unfair, so viele gegen eine. Und außerdem hätten sie deine Frage nicht beantwortet, wegen der Internationale vorm Altar. Und außerdem hätte er gehört, daß alles weitergehe wie vorher, die Diskussionen, die Treffen; die Menschenmenge hätte sich doch wohl in die Straßen um den Roten Platz herum verteilt ...

Wo ein Wille ist, ist auch ein Weg!

Nun schämtest du dich auch noch wegen seiner Hilfe. Als könntest du nicht für dich selbst reden. Eine Dolmetscherin schaltete sich ein. Es seien manche Delegierte auf die Mauer geklettert vor den Grabmalen, auch dem Clara Zetkins übrigens, und dazu mit nackten, schmutzigen Füßen, das gehe nun wirklich nicht. Im gleich scharfen Ton, der keine Widerrede zuließ, wandte er sich nun an die Russin. Er habe ausreichend Miliz auf dem Roten Platz bemerkt, warum die nicht eingeschritten sei. Er habe auch niemand mit nackten, schmutzigen Füßen auf der Mauer bemerkt, hingegen eine Kette von Polizei vor der Mauer.

Wann war er denn auf dem Roten Platz gewesen? Und mit wem? Warum hatte er dir nicht davon erzählt? Du rügtest dich wegen kleinlichen Grübelns. Schlimmer als eine Ehefrau, säuerlich.

Du brauchtest nicht nachzufragen, er erzählte, wann er den Roten Platz aufgesucht hatte und mit wem. Er war an einem Abend beim Essen mit einer Dolmetscherin ins Gespräch gekommen, beide wußten nicht, wie sie die Zeit totschlagen sollten – da hatten sie sich kurzentschlossen in die Metro gesetzt. Das war übrigens ein interessanter Abend gewesen, er habe viel über ihr Leben, ihre Eltern, ihre Einstellung zum Festival erfahren.

Du wurdest von einem glühenden Pfeil durchbohrt. Vergiftet durch Eifersucht.

Welche denn? fragtest du listig. Wolltest wissen, wie sie aussah, ob eine ernstzunehmende Konkurrenz, ob alt oder jung, verheiratet oder auf der Suche nach einem Westler... An diesem Abend war die Scham für dich noch lange nicht vorbei.

Er erzählte munter weiter. Wie ein Kind, das seiner Mutter über das Leben außerhalb der Küche Bericht erstattet. Sie lebe mit zwei anderen Frauen zusammen, behaupte, sie seien Männerfeinde. Aber das sei wohl nicht so. Sie habe bis vor zwei Jahren einen festen Freund gehabt, der habe sich drei Jahre für eine Auslandsarbeit verpflichtet. In einem Jahr komme er zurück. Wie es dann weitergehe, wisse sie noch nicht. Sie ist Lehrerin, tat er dir fast begeistert kund, Deutsch und Geschichte, mein Fach, interessant, nicht? Sie hat mir erzählt, wie hier Geschichte unterrichtet wird, wir hatten viele gemeinsame Fragen... Er bemerkte wohl deinen abwesenden Blick, stockte, sagte dann: Sie hat die westdeutschen Männer kritisiert, die seien so unhöflich. Sie finden es hier wichtig, daß die Männer ihnen die Tür aufhalten und in den Mantel helfen und so kleine Handreichungen machen, die westdeutschen Männer, sagte sie, gefielen ihr nicht, alles Holzklötze.

Da lachtest du erleichtert. Wie gut, daß der Dolmetscherin die westdeutschen Männer nicht gefallen.

Er fand diese Einschätzung interessant, habe nachgefragt und sich entschuldigt für sein unhöfliches Verhalten.

Ich habe ihr gesagt, bei uns kann man Schwierigkeiten bekommen, wenn man diese Art Höflichkeit einer Frau entgegenbringt. In bestimmten Kreisen würde mir doch eine Frau ins Gesicht springen, wenn ich ihr in den Mantel hülfe – wie würdest du denn reagieren?

Du schrecktest hoch, warst in Kalkulationen versunken, ob ihr vielleicht alle westdeutschen Männer bis auf einen nicht gefielen, ob sie vielleicht erkundet hatte, ob dieser eine durchaus liebenswert sei.

Ich? Ich weiß nicht...ich achte gar nicht darauf... ich glaub', mir hat noch nie einer in den Mantel geholfen... doch, da hab' ich den Ärmel nicht gefunden, ach, stimmt ja, nein, ich vermeide das, ich komm' dann immer nicht in die Ärmel – außerdem hab' ich gar keinen Mantel...

Ihr lachtet. Du sagtest ins Lachen hinein: Ist sie hier? Zeig sie mir doch mal! Er fand sie nicht. Na, die eine dunkle Kleine, die mit den Grübchen.

Grübchen auch noch.

Er schien deine inneren Kämpfe nicht wahrzunehmen, auch nicht, daß vergiftete, ausgeglühte Pfeile immer wieder durch dich hindurchschnellten, eine ganze Pfeilserie, mal mehr Gift, mal mehr Glut. Er ließ sich von dem Bild im Stadion einfangen, verstummte hingerissen vorm Schwanensee-Ballett, warf dir zwischendurch einen vertrauten, strahlenden Blick zu, der einlud, seine Begeisterung zu teilen. Er machte dich auf Kleinigkeiten aufmerksam. Beim Zirkusprogramm ging sein Kopf hin und her. Es fehlt nur noch, daß du in die Hände klatschst! spötteltest du. Soll ich? Er hielt die Hände bereit.

Deine Aufmerksamkeit teilte sich: das Bild im Stadion, seine fröhliche Anteilnahme und die Beobachtung deiner Gefühle. Warst du froh oder traurig? Wolltest du ihn halten oder die Finger von ihm lassen? Liebtest du ihn schon, oder war das noch zu stoppen? Deine Schultern, Arme, Hüften, Beine berührten ihn. Die Bänke waren voll von Sitzenden, alle drückten sich eng aneinander, und ihr besonders eng. Du legtest deine Wange an seine Schulter und murmeltest: Ich glaub', ich hab' mich in dich verliebt... Heute zeig' ich's dir einfach, ja?

Er fragte nach, hatte nicht verstanden. Heute zeig' ich's dir einfach... Du merktest die Zweideutigkeit, stammeltest unglücklich vor Verlegenheit, meine Zärtlichkeit, meine ich, heute unterdrück' ich sie nicht mehr, einverstanden... Er lächelte, aber du meintest, sein Abrücken wahrzunehmen. Du mußt nicht reden, wenn du mir etwas zeigen willst, tu es...

Reden ist auch Tun.

Ja, das stimmt...

Wovon hattest du überhaupt geredet, was angekündigt, wie wolltest du ihm deine Zärtlichkeit zeigen? Du versuchtest es, legtest deinen Arm auf seine Schulter, huschtest wie zufällig mit deiner Wange über seinen Ärmel, verstocktest immer mehr. Da gab es keinen Zugang.

Von dem Augenblick an, da du von Zärtlichkeit gesprochen hattest, zogst du dich von ihm zurück. Im Menschengewühle, das nach der Veranstaltung zu den Bussen drängte, spieltest du das Schmetterlingsspiel. Huschtest von ihm fort zu anderen, deinen Genossen, deren Nähe dir Sicherheit vorgaukelte oder in deren Nähe du ihm Sicherheit vorgaukeltest. Er sollte nicht denken, du wärst verloren ohne ihn.
 Er fing dich immer wieder ein.
 Seine Größe gewährte dir ständigen Überblick, wo er sich grade aufhielt, neben wem, meist schlakste er allein durch die Menge, wandte nach einiger Zeit den Kopf, suchte dich, verlangsamte den Schritt, bis du wieder neben ihm gingst.
 Dann plötzlich, als ihr euch wieder einmal gefunden hattet, tauchte neben ihm eine andere Frau auf, sehr klein, glatter schwarzer Pagenschnitt, und als du die Grübchen sahst, wußtest du Bescheid. Unauffällig fielst du zurück, immer mehr, er versank in ein Gespräch mit seiner neuen Begleiterin, du versankst in der Menge mit dem Entschluß, ihn nun wirklich loszulassen.
 Ein durch Kichern untermaltes Gespräch mit zwei eingehakten SDAJlerinnen, die den jeweiligen Tanzschritt der vorbeiströmenden Gruppen aus Lateinamerika oder Afrika aufgriffen. Die Festivalbegeisterung funkelte beiden aus allen Poren. Du versuchtest dich anzupassen, haktest dich links ein, hopstest ein wenig an ihrer Seite, kamst dir linkisch vor, haktest dich wieder aus und fielst noch ein wenig zurück.

Es wurde dir gleichgültig, ob du die Gruppe der Westdeutschen verlörst, nicht zu den Bussen finden würdest. Gleichgültig, traurig, den morgigen Abschied vorwegnehmend, ließest du dich vom Gedränge schieben, in irgendeine Richtung, welche auch immer, im Zweifelsfall würdest du eine Metrostation suchen. Da war er wieder neben dir, sah dich nicht einmal an, legte den Arm um dich und mit ihm eine Decke von Wärme und Heimatgefühl. Ihr gehörtet zu den ersten, die im Bus Platz nahmen, du wieder am Fenster, er neben dir. Draußen zogen die weißrot-adretten Polen vorbei, dann ungeordnet, mit dicken Taschen, aus denen verschiedenfarbige Tücher zupfelten, Männer und Frauen, die euch grüßten und „Mir, Drushba, Festival" zuriefen, die Künstler der Tücherornamente offenbar.

Der Bus ruckte an. Ihr gestandet euch gegenseitig große Erschöpfung, versuchtet, eure Köpfe auf der Schulter des anderen abzulegen, gabt auf wegen der schmerzenden, verdrehten Hälse. Du erinnertest deine Worte „heut zeig ich dir meine Zärtlichkeit", griffst in der Dunkelheit nach seiner Hand und streicheltest sie. Du schlossest die Augen, dein Körper drängte zu ihm, du schicktest alle Sehnsucht, alle Begehrlichkeit, alle Hitze in deine Fingerkuppen, die zu prickeln begannen, und als versammelte sich deine gesamte Lebenskraft dort, begaben sie sich auf Entdeckungsreise zu ihm über seine Hände. Zuerst antworteten die noch, bewegten sich, strichen über deine Handteller, dann überließen sie sich dir, wurden passiv. Gaben sie sich hin? Du erkundetest die Linien in seiner geöffneten Hand, wünschtest dir Zigeunertalent, tiefe kurze Furchen durchwandertest du, hohe weiche Hügel tastetest du hinauf, glittest in gemaserte Täler. Deine Finger zogen durch die breite

Dünenlandschaft seines Handtellers, gabelten sich an der Verästelung seiner Fingerwurzeln, kreisten über die harte Rundung des ersten Fingergliedes und strichen zart und ungeheuer entzückt die Länge der sich verjüngenden Mitte entlang, bis sie innehielten auf der Mitte seiner Fingerkuppen, die Erregung erzeugten wie die Spitze sich verhärtender Brustwarzen. Dir wurde heiß, dein Streicheln wurde drängender, umschlingender, wirrer. Dir wurde heißer, und es drängte dich zu den krausen weichen Haaren auf seinen Handgelenken, der zarten verletzlichen Haut über der Schlagader, du schobst seinen Pullover, seinen Hemdsärmel höher, deine suchenden Hände wurden behindert, gestoppt wie durch eine Barrikade. Da war kein Hindurchkommen. Er überließ dir Hand und Arm. Die Hitze hatte dich ganz und gar ergriffen. Du wolltest nicht mehr nur eine geöffnete Hand angeboten bekommen, du wolltest als geöffnete Hand angenommen werden. Was dachte er? Was wollte er? Du wurdest dir peinlich, zogst deine Hände zurück, verschränktest sie vor deinem Bauch, gabst vor zu schlafen.

Beim Abendessen, um zwei Uhr in der Nacht, saßt ihr euch gegenüber an einem Tisch, um den sich zehn Leute drängten, dem Kellner mühsam verständlich machend, daß sie zu den acht Gedecken noch zwei zusätzliche wünschten, nach langer Diskussion wurden alle mit Essen versorgt. Der denkt auch, morgen sind die endlich wieder weg mit ihren chaotischen Extrawünschen, lachte einer, den du im Zentrum für die Rechte der arbeitenden Jugend kennengelernt hattest.

Eure Sitzordnung animierte zu Lachkaskaden. Neben ihm auf der einen Bank Evangelische Jugend, neben dir auf der gegenüberliegenden SDAJ. Wie in der

Tanzschule... Verschwesterung und Verbrüderung begann, ihr wart euch einig, daß alles in allem das Festival nicht so schnell von euch vergessen würde. Ihr wart euch einig, daß ihr euch angesichts der bedrohten Welt kleinliche Zankereien besser ersparen solltet, ihr erzähltet euch Anekdoten vom „anderen Lager". Da hatte einer von der Evangelischen Jugend behauptet, normalerweise benutzten die Moskauer aus Angst nicht die Metro. Sie wären zu den Weltfestspielen dorthin verpflichtet worden, sozusagen hauptamtliche Metrofahrer, damit die Ausländer nichts merkten. Ihr wurdet von einem verbindenden Lachanfall geschüttelt angesichts solcher Verbohrtheit. Da hatte einer von „euch" von sich gegeben, die Sowjetunion sei das liberalste und toleranteste Land der Welt, und die Milizionäre dienten nur dem Schutz der Westler. Gemeinsamer Lachanfall. Schutz wovor denn? fragte einer, und alle prusteten los. Vom Theaterworkshop erzählte einer. Das A&P-Theater hatte sich extra Sportkleidung mitgenommen und dann einen Vormittag lang einen russischen Revolutionsschinken über sich ergehen lassen müssen, der in der Übersetzung wie der Leitartikel aus der Prawda klang. Lachsalven. Workshop, wie die wohl auf die Bezeichnung gekommen waren. Einige westdeutsche Funktionäre wären ja wohl arg blaß auf diesem Festival geworden, schließlich hätten sie nur ihre Hotelzimmer von innen gesehen... Gerüchte, Gerüchte, Gerüchte, ihr lachtet euch scheckig. Ihr stießt miteinander an, mit Mineralwasser und Saft, versteht sich, und verstandet euch prächtig. Du und er redeten nicht miteinander. Als er aufstand, erhobst auch du dich. Im Hotelfoyer würde anschließend noch eine Feier für alle stattfinden, ob ihr auch... Du sahst ihn an. Er sei müde, die zwei Stunden Schlaf wollte er sich wenigstens gönnen. Die anderen wollten durchmachen. Du warst unentschieden. Ihr fuhrt schweigend zum 16. Stock. Er begleitete dich zu deinem Zimmer, kam mit hinein. Du tratest betont ironisch einen Meter von ihm weg, reichtest ihm die Hand über den Abstand, gute Nacht, schlaf gut. Er nahm dich in die Arme. Du streicheltest seinen Rücken, hörtest ihn flach atmen.

Gib mir doch einen Kuß, batest du.

Er ließ dich los, nun legte er den Abstand zwischen euch, drückte rasch mit schmalen Lippen einen Kuß auf deinen Mund.

Einen richtigen, fordertest du, kannst du nicht anders küssen?

Sei doch nicht so stürmisch.

Dich überflutete eine Welle von Scham.

Weißt du was... Deine Augen waren funkelnde Schlitze geworden, weißt du was... Du fügtest in Gedanken hinzu, wenn du wüßtest, wie sehr ich den Sturm in mir behalten hab', wenn du wüßtest, wie es wäre, wenn ich ihn hinausließe, weißt du was... du tratest ihn spielerisch in den Hintern, du kannst mich mal am Arsch lecken!

Er lächelte dich verwirrt an und verschwand schnell. Da wurde dir bewußt, was du gesagt hattest.

Die Scham war an diesem Abend für dich nicht vorbei.

Du lagst zwei Stunden wach bis zum Wecken, hörtest Musik, hörtest „Bier, Wodka, Festival" und ärgertest dich, daß du hier allein lagst, während die anderen feierten. Du faßtest einen Entschluß nach dem anderen, lauter endgültige. Einen setztest du am nächsten Morgen in die Tat um. Du gingst ihm aus dem Weg, machtest deine letzte Busfahrt durch Moskau zum Flughafen an meiner Seite, und auch im Flugzeug setztest du dich neben mich. Erzähltest allerdings von ihm, nur von ihm.

Dein Freund ist ausgezogen, vorläufig, zu einem Freund. Du hast viele politische Termine, wir telefonieren manchmal. Nach zehn, dann ist es billiger. ER ist zurück. Auch sein „Klärungstermin" mit dieser Frau ist schon Vergangenheit. Du hattest die Kleeblätter auf einer weißen Karte vorsichtig mit Tesafilm befestigt und mit dem bleistiftgeschriebenen Spruch versehen: Pflück dir deins...
Er hat dich nicht angerufen.
Es schmerzt trotz allem, sagst du. Wenn das Telefon klingelt, erlebe ich jedesmal ein kleines Erdbeben.
Aber weißt du, ich habe in einem dieser Bücher über Zen gelesen, daß man nur erkennt, was man in sich selbst trägt – in positiver wie in negativer Hinsicht. Ich habe Liebe wohl erlebt, weil ich sie in mir habe. Und das kann mir keiner nehmen.
Und was hat er in sich?
Weiß nicht. Vielleicht so etwas wie „beinah Liebe"...